걷고 그리고, 타이베이

이명희 글과 그림

걷고 그리고, 타이베이

펴낸날 2022년 6월 7일

지은이 이명희
펴낸이 주계수 ｜ **편집책임** 이슬기

펴낸곳 밥북 ｜ **출판등록** 제 2014-000085 호
주소 서울시 마포구 양화로 59 화승리버스텔 303호
전화 02-6925-0370 ｜ **팩스** 02-6925-0380
홈페이지 www.bobbook.co.kr ｜ **이메일** bobbook@hanmail.net

© 이명희, 2022.
ISBN 979-11-5858-858-8 (00810)

걷고 그리고, 타이베이

이메이의 어반스케치와 펜드로잉으로 기억하는 대만 여행

이명희 글과 그림

시작하며-

그림으로 기억하는 타이베이 여행

타이베이하면 제일 먼저 떠오르는 건 '말할 수 없는 비밀', '그 시절 우리가 좋아했던 소녀'같이 말랑말랑한 로맨틱 영화의 한 장면. 평소에는 절대 서지 않는 줄까지 서서 맛보았던 흑당 버블티, 달콤 짭조름의 완벽한 조화 누가 크래커, 폭신폭신 대만 왕카스테라, 생각만 해도 달콤한 망고 빙수 같은 '달다구리'들의 원조가 있는 곳. 그리고 한국보다 위도가 낮아 겨울에도 날씨가 포근해서 겨울에 여행하기 좋은 도시.

어렸을 때는 홍콩과 대만이 같은 나라인 줄 착각할 정도로 타이베이라는 도시에 대해 아는 게 없었다. 당연히 타이베이에 대한 감흥도 없었다. 언젠가부터 대만 음식, 대만을 다녀온 여행담, 타이베이 관련 여행 프로그램 등, 그곳에 대한 정보가 하나둘씩 늘어났다. 그에 비례하여 타이베이에 대한 호기심도 조금씩 커져갔다.

미미르래미 ♪

2019년 연말에 타이베이로 여행을 갈 기회가 생겼다. 도서관에서 타이베이 관련 여행기를 빌리고 블로그와 유튜브에 있는 타이베이 관련 정보를 채집하듯 하나씩 찾아보기 시작했다. 그렇게 타이베이 여행을 준비하는 동안, 멀게만 느껴졌던 타이베이라는 도시가 내 마음속 가까운 곳에 자리 잡았다.

타이베이 여행을 다녀온 후 타이베이의 집들을 그리기 시작했다. 특별한 이유는 없었다. 그저 여행의 여운이 다 가시기 전에 그곳의 풍경을 그리는 게 좋았다. 일 년 내내 온화한 기온으로 키 높이 자란 나무, 낡고 오래된 낮은 건물, 수수한 옷차림의 사람들. 그렇게 타이베이를 그림으로 기억하는 드로잉 여행이 시작됐다.

눈으로 봤던 풍경들을 그림으로 옮기는 동안 여행 중 스쳐 지나쳤던 사소한 것들이 기억 속에서 되살아났다. 의미 없어 보였던 것들도 의미 있게 느껴졌다. 사진과는 다른 그림이 주는 매력이 바로 이거지. 사진은 찍고 나서 금방 잊어버리기 쉽지만 그림으로 그리게 되면 그 기억은 쉽게 잊히지 않고 오래 남는다. 진부해 보이는 익숙한 일상의 순간들. 그 순간들을 그림으로 그리면 그 일상은 마치 새로 발견한 듯 낯설고 생소하게 보인다. 그리는 동안에 익숙해서 지나쳤던 숨겨진 매력을 발견했다.

타이베이를 다녀온 후 따끈따끈한 기억들이 사라지기 전에 다시 여행을 다녀오고 싶었다. 그래서 여행에서 돌아오자마자 타이베이행 항공권과 숙소를 예약했다. 그러나 예약했던 일정들은 팬데믹 상황 탓에 하나둘씩 취소되었다. '설마 이런 일이' 같은 TV 프로그램에서나 볼만한 일들이 실제로 일어났다.

그래도 2020년 초반에는 그해 가을쯤에는 팬데믹 상황이 나아져서 해외여행을 갈 수 있을 거라는 뜬금없는 희망을 품었다. 하지만 기대는 금물이라고 이 책을 쓰고 있는 2022년 초반에도 해외여행은 쉽지 않다. 이럴 줄 알았으면 무리해서라도 해외여행을 많이 다녀 둘 걸…, 아쉬움이 한가득 마음속을 채웠다. 코로나바이러스는 변종을 통해 점점 진화했고 외출과 집 밖으로 이동하는 시간이 많이 줄었다. 집과 집 근처에서 보내는 시간들로 일과가 채워졌다.

처음에는 갑자기 늘어난 혼자만의 시간을 어떻게 보내야 할지 몰랐다. 업무가 끝나면 컴퓨터 모니터만 멍하게 보다가 하루를 보내는 날이 태반이었다. 늘어난 고무줄마냥 느슨해진 일상에 몸도 마음도 지쳐 갈 때쯤 타이베이를 다녀온 후 그린 그림이 생각났다. 그 그림들을 엮어서 무언가 해야겠다는 생각이 들었다. 멍하게 흘려보냈던 날들이 그림을 그리는 일과로 바뀌고 그 순간들이 모여서 나를 보듬어 주는 시간이 되었다. 그 시간이 없었다면 아직도 눈이 흐릿해질 때까지 PC 모니터만 뚫어지라 쳐다보나가 잠이 들었겠지.

팬데믹 덕분에 타이베이는 공식적으로 나의 마지막 해외 여행지가 되었다. 그것만으로도 타이베이는 다른 여행지보다 의미가 있다. 다만 바라는 건 타이베이가 내 생의 마지막 해외 여행지가 되지 않기를….

　　다시 타이베이를 여행할 수 있는 날을 꿈꾸며 타이베이 풍경을 그린다.

다시 타이베이를 꿈꾸며
이메이

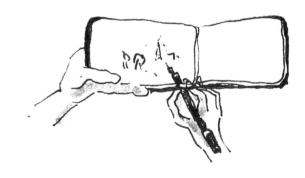

· 차례 ·

역사와 낭만이 담긴 타이베이의 가게

사람과 삶이 보이는 타이베이의 시장

탐험의 묘미가 있는 타이베이의 거리

과거와 현재, 미래를 잇는 타이베이의 명소

타이베이 여행의 시작

인천국제공항

타이베이행 비행기가 이륙하기 전 인천공항에서

꿈꿔왔던 여행의 시작

추운 날씨를 싫어해서 연말이 다가오면 따뜻한 곳에서 보내는 휴가를 꿈꾼다. 한국의 겨울은 여행은커녕 집 밖으로 한 발짝도 움직이기 싫은 차가운 날씨. 여행을 좋아해도 겨울에 여행을 간 적은 많지 않다. 그래서인지 이맘때쯤 내 키보드는 태국이나 라오스, 베트남 같은 가성비 좋은 동남아행 항공권을 검색 또 검색.

2019년 연말에 남은 휴가를 소진할 겸 여행을 떠나고 싶었다. 겨울에 하는 여행은 한국과 기온이 반대인 따뜻한 나라로의 여행이 최적이다. 태국, 베트남, 라오스 등 동남아 쪽을 먼저 알아봤다. 그러는 중에 한국에서 2시간이면 도착하는 타이베이로 여행을 떠날 기회가 생겼다. 여행지가 정해지자 일정은 일사천리로 진행됐다. 그렇게 2019년 12월에 그림 그리는 분들과 함께 타이베이로 드로잉 여행을 가게 됐다.

일정과 숙소까지 모두 맞춰 진행된 여행이었다.

마음과 별개로 현실은 여행보다 월급이 우선순위인 직장인. 휴가를 길게 쓰는 일이 자주 오는 기회가 아니다. 재빨리 가성비 좋은 항공권과 숙박을 스캔했다. 타이베이의 12월은 연말에다 성수기라 그런지 항공권과 숙박요금이 평소의 2~3배 정도로 비쌌다. 연말과 크리스마스 연휴에는 어디를 가든 항공권과 숙박이 평소보다 비싸긴 하지만… 그래도 연말에 여행, 그것도 해외 드로잉 여행이라니!

　　오랫동안 꿈꿔왔던 여행이다. 여행을 준비하는 순간부터 처음 해외여행을 떠나는 사람처럼 설렜다.

Ⓐ cathay pacific

ICN → TPE 2019.12.27.0920

공항에서 미션 깨기

타오위안 국제공항

인파로 붐비는 타오위안 공항 터미널

입국 심사에서 스탬프 찍기까지

　인천공항에서 출발한 비행기는 생각보다 금방 타오위안 공항에 도착했다. 2시간 정도의 짧은 비행시간에 기내식까지 야무지게 먹고 나니 비행이 끝났다. 야호! 마치 국내 여행을 온 기분이다.

　타오위안 공항에 도착하니 공항의 독특한 외형이 제일 먼저 눈에 들어왔다. 공항은 천장에서 바닥까지 이어지는 외벽이 유선형의 구조로 되어 있다. 보통의 공항과는 다른 유선형의 구조는 한옥의 기와나 동양 건물의 지붕 처마를 연상시키며 우아하고 독특한 인상을 남겼다. 원래 타오위안 공항 건물은 U자형의 중앙 부분이 오목한 구조였는데 공항 노후화로 리모델링을 하면서 지금과 같은 처마 구조의 독특한 디자인으로 바뀌었다고 한다. 그 덕분에 타오위안 공항은 독특하고 강렬한 첫인상을 줬다.

Cathay Pacific in-flight meal

출입국 심사대 쪽으로 이동하니 많은 여행객으로 인산인해라 입국 심사 줄이 엄청 길었다. 혹시 몰라서 한국에서 인터넷으로 자동출입국 심사를 해두었다. 덕분에 입국 심사가 금방 끝났다. 미리 한국에서 자동출입국심사를 하지 않고 왔다면 저 끝없는 입국 심사 행렬에 여행 초반부터 지쳤을지도 모른다. 그날 입국 심사 대기 줄은 이제껏 공항에서 경험했던 것 중에서 역대급이었다. 휴, 정말 미리 준비해둔 게 다행이다.

입국 심사를 끝낸 후 공항에 있는 타이완 관광청으로 이동했다. 이곳에서 SNS 이벤트를 하고 있다. 평소에 경품 이벤트를 좋아해서 웬만하면 빠지지 않고 참여하는 편이다. 나만의 '소확행'이라고 우기며… 해외여행 중이라고 이 기회를 놓칠 수는 없다.

타이완 관광청 이벤트는 타이완 관광청 SNS를 팔로우만 하면 되는 간단한 이벤트다. 가볍게 이벤트를 완료하고 우리나라 T-money card와 비슷한 아이패스 카드를 획득했다. 아이패스 카드는 교통카드 기능에 고속철도까지 이용 가능한 카드로 타이베이 여행할 때 유용한 아이템. 카드를 획득한 뒤 또 다른 이벤트를 위해 타이완 관광청 근처에 있는 공항 안내센터로 이동했다.

공항 안내센터에서 타이베이 여행을 위해 새로 가져간 드로잉 저널 앞장에 타이완 관광청 공식 캐릭터인 곰 스탬프를 찍었다. 대만에서도 인기가 많은 타이완 관광청의 공식 캐릭터인 반달곰 '오숑'이 그려진 스탬프. 즐거운 마음으로 드로잉 저널에 도장을 쾅쾅 신나게 찍었다. 스탬프는 3가지 종류로 다양한 포즈

의 오송이 새겨져 있었다. 스탬프 하나만 봐도 대만 사람들의 캐릭터나 굿즈에 대한 마음을 엿볼 수 있었다. 대만 사람들은 평소에도 귀여운 캐릭터와 굿즈를 좋아하고 일상에서 소소한 것들을 즐길 줄 아는 사람들이겠지. 인주가 부족했는지 도장이 희미하게 찍혔다. 그래도 스탬프 덕분에 타이베이에 여행 온 게 실감 났다.

공항에서 해야 할 미션이 거의 끝났다.

타이베이 시내로 가는 두 가지 방법

공항버스 1841번

타이베이 버스에서 본 풍경

공항에서의 마지막 미션이 남았다. 마지막 미션은 공항에서 숙소까지 무사히 도착하기.

타오위안 공항에서 숙소로 가는 방법은 두 가지가 있다. 시외버스를 타거나 공항철도를 타고 가는 방법. 두 가지 방법에는 각각 장단점이 있다. 첫째, 공항철도를 타면 쾌적하고 빠르게 시내로 가지만, 중간에 다른 교통수단으로 갈아타야 한다. 둘째, 공항버스를 타면 갈아타지 않고 한 번에 가는 장점이 있지만, 시내에서 교통이 막히면 시간이 걸릴 수 있다. 타이베이는 초행이다. 나는 고민할 것 없이 갈아타지 않고 한 번에 갈 수 있는 버스를 선택했다.

타오위안 공항에서 시내로 가는 버스는 배차 간격이 20~30분 정도. 시내로 이동하기에 편리한 편이다. 공항 터미널에서 환전하는 곳을 지나니 공항버스 정류장이 바로 나왔다. 버스 타는 곳은 구역별로 지정되어 있어서 타야 할 버스를 찾기에 수월했다.

내가 탈 버스는 1841번. 버스정류장에서 10분 정도 기다리니 버스가 도착했다. 버스에는 빈 좌석이 많았다. 타이베이는 처음인지라 긴장이 돼서 기사님 바로 옆, 버스 제일 앞자리에 자리를 잡았다. 그러고는 버스 기사님에게 숙소가 있는 버스정류장을 물어보았다. 기사님이 숙소가 있는 정류장에 도착하면 미리 알려주겠다고 했다. 낯선 타이베이에서 버스 기사님의 친절함에 마음이 평화로워졌다. 버스 안내 방송을 놓치거나 헷갈려서 낯선 버스 정류장에 도착해 거리를 배회할 확률이 줄었다.

버스 제일 앞자리에 앉아서 한 손으로는 캐리어를 잡고 한 손에는 휴대폰을 꼭 쥐고 타이베이의 풍경을 창밖으로 흘긋 바라봤다. 버스 창밖으로 마치 한강 같은 강이 하나 보인다. 강 위를 길게 가로지른 다리도 보이고 강 위쪽으로 하나둘 높게 솟아 있는 건물들도 보인다.

기사님 덕분에 역을 놓치지 않고 내릴 수 있어서 그랬는지 바깥 풍경을 여유롭게 볼 수 있는 마음의 여유가 생겼다. 이런 사소한 친절이 여행자에게는 소중하다.

창밖으로 내다보이는 강이 한강의 풍경과 비슷해 보여서 그런지, 왠지 버스를 타고 한강의 한남대교를 지나는 기분이 들었다. 타이베이 여행을 시작하자마자 뜬금없이 서울 생각이라니…

어느 정도 시간이 지났을까. 버스 기사님이 숙소가 있는 버스정류장이 다음이라고 알려주었다. 버스 기사님께 감사하다는 인사를 하고 버스에서 내릴 준비를 했다. 숙소가 있는 버스정류장에 도착했다.

그렇게 무사히 타이베이 시내에 도착했다. 공항에서 숙소로 가는 길은 대략 한 시간이 넘게 걸렸다. 그렇게 해서 공항에서 시내로 가는 미션도 성공이다.

역사와 낭만이 담긴 타이베이의 가게

이런 건 처음이지

민취안 호스텔

가성비 좋은 캡슐 호스텔

여행을 갈 때 항공권과 더불어 제일 먼저 알아보는 것은 숙소. 숙소에 진심인 편은 아니지만 그렇다고 숙소에 무신경한 편도 아니다. 여행 계획을 세울 때 항공권과 숙소까지 예약되면 여행 준비는 거의 다 된 거나 마찬가지. 간혹 숙소를 미리 잡지 않고 여행지에서 도착해서 숙소를 잡기도 하지만 웬만하면 미리 숙소를 예약해야 마음이 편하다.

숙소를 고를 때 개인적인 기준은 위치와 청결도, 가격.

여행할 때 대중교통을 이용하거나 걷는 걸 좋아한다. 그래서 숙소는 위치가 좋은 곳을 선호한다. 숙소가 아무리 멋지고 예쁘고 가격이 저렴해도 위치가 좋지 않으면 끌리지 않는다. 더불어 위치가 좋더라도 치안이 좋지 않거나 어두운 골목길에 안쪽에 있는 숙소도 피하는 편이다. 다행히도 위치가 좋은 숙소는 치안이 괜찮은 경우가 많다.

그다음 숙소 선정 기준은 청결도. 여행을 갈 때 숙소가 공용이거나 방이 작은 거는 그다음 순위다. 숙소가 청결하다면 그런 불편함은 오케이다. 오래되고 낡거나 엘리베이터가 없어서 불편한 숙소는 괜찮지만 지저분한 숙소는 싫다. 그렇다고 먼지 한 올 안 나올 정도로 청결해야 하는 건 아니다. 그저 사용하는 동안 불편함이나 불쾌감이 생기지 않을 정도로 깔끔하면 된다.

마지막 선정 기준은 가격. 여행을 가면 숙소에 있는 시간이 많지 않기에 고급스럽고 멋진 인테리어는 필수 조건이 아니다. 이왕이면 같은 가격에 멋지고 고급스러우면 좋겠지만, 숙박료가 비싸다면 선택하기 망설여진다. 사실 가격은 절대적인 기준이 정해져 있기보다 여행지의 물가나 숙소의 상태에 따라 상대적으로 정해진다. 가성비 좋은 숙소는 'sold out'이 빨리 되는 편이라 가성비 좋은 숙소를 구하려면 남들보다 발 빠르게 예약할 필요가 있다.

타이베이에서 머물렀던 숙소는 '인 큐브 민취안'(Inn Cube Minquan) 캡슐 호스텔. 여행을 가서 묵었던 숙소는 호텔, 한인 민박, 도미토리, 료칸, 아그리 투리스모(농가민박) 등 다양했다. 하지만 캡슐 호스텔은 처음이다. 언젠가 TV에서 방영했던 일본 관련 여행 프로그램에서 캡슐 호스텔을 봤던 게 기억났다. TV에서 봤지만 직접 숙박할 거라고는 생각해 보지 않았는데 타이베이 여행해서 체험하게 됐다.

포털사이트에서 캡슐 호스텔을 검색했다. 캡슐 호스텔은 캡슐처럼 생긴 상자형 공간을 제공하는 숙박 시설의 하나인 초소형 1인용 숙소. 캡슐 호텔은 구조상 방의 높이가 높지 않아서 활동하기는 불편하지만 여러 사람과 공간을 같이 쓰는 도미토리에 비해 사생활이 보장된다는 장점이 있다. 어찌 보면 같은 공간을 공유하는 도미토리보다는 좁더라도 혼자 쓰는 공간이 있는 게 낫겠다는 생각도 들었다.

처음 숙소를 에어비앤비나 호텔로 알아봤다. 하지만 12월은 연말 성수기라 대부분 숙소가 만실이었고, 간혹 방이 있는 곳은 평소에 비해 숙박료가 최소 2배 이상 비쌌다.

인큐브 민취안 호스텔도 성수기 특수로 평소 숙박 가격의 5배가 넘는 가격에 겨우 예매를 했다. 그렇게 어렵사리 예약한 인큐브 민취안 호스텔은 민취안역(Minquan W. Rd. Station)에서 가까운 편이라 이동하기에 편했다. 숙소 내부는 깨끗하고 청결해 보였고 체크인을 도와주는 스태프도 친절하고 상냥했다.

Capsule hostel

Inn Cube

우리가 여행을 갔을 때는 코로나바이러스가 크게 퍼지기 전이였는데도 숙소에 있는 스태프들은 마스크를 쓰고 있었다. 그리고 보니 타이베이를 여행하는 동안에는 마스크를 쓴 사람들을 꽤 많이 볼 수 있었다. 그 덕분인지 타이베이는 청결에 신경을 많이 쓰는 곳이란 인상이 남았다. 숙소 바닥에는 제습기같이 보이는 기계들이 여러 개 배치되어 있었다. 아마도 타이베이의 꿉꿉하고 습한 날씨 때문이리라. 숙소는 전체적으로 화이트톤이라 밝고 깔끔했다. 그리고 빨래를 할 수 있는 코인 빨래방이 내부에 있어서 장기 투숙객들이 숙박하기 좋아 보였다. 민취안 호스텔은 캡슐 호스텔이라 좁은 것만 빼면 가성비 좋은 숙소임이 틀림없다.

숙소에 체크인하고 짐을 푸는 동안 이번 여행의 동행들이 숙소에 도착했다.

짧고 굵게 까르푸 탐방

민취안역

41

그 나라를 조금 더 가깝게 엿보기

숙소에 도착한 날, 하늘은 금방이라도 비가 쏟아져도 어색하지 않을 만큼 흐렸다. 그래서인지 거리 풍경이 살짝 쓸쓸해 보였다. 하지만 여행자의 들뜬 마음으로 본 풍경에는 여행이라는 필터가 자동으로 씌는 법. 여행 중에는 눈앞에 보이는 모든 것이 실제보다 훨씬 아름다워 보이는 특수 효과가 더해진다. 그 덕분인지 쓸쓸해 보이는 풍경마저도 영화 속 한 장면처럼 운치 있게 느껴졌다.

숙소 주변을 걷던 중에 숙소에서 멀지 않은 곳에 까르푸가 있다는 정보를 들었다. 여행 중에 그 나라에 있는 시장이나 마트를 구경하는 것은 빼놓을 수 없는 재미가 있다. 마트에 가면 그 나라에서 생산한 상품을 착한 가격에 쇼핑할 수 있다.

저녁 일정까지 시간이 좀 비어서 쇼핑도 하고 구경도 할 겸 까르푸로 이동했다.

숙소 근처에 있는 까르푸는 충칭점(Carrefour Chung Qing Store). 숙소가 있는 민취안역에서 중산역으로 가는 길에 있었다.

타이베이는 한국과 전압이 다르다고 해서 멀티 어댑터도 구경하고, 여행 일정 중에 비오는 날을 대비해서 우산과 슬리퍼도 구경했다. 까르푸에서 파는 공산품들은 한국에 비해 싼 가격은 아니었다. 그래서 아이쇼핑만 열심히 하고 식품 코너로 이동했다. 식품 코너는 마트나 백화점에서 내가 제일 좋아하는 장소이다. 식품 코너에 가니 대만의 명물인 펑리수와 누가 크래커도 팔고 있었다. 게다가 시식 코너에서 펑리수를 맛볼 수 있었다. 배가 고픈 건 아니었는데 현지에서 먹어서 그런지 펑리수도 너무 맛있었다.

여행 중에 마트 구경을 하고 나면 왠지 그 나라를 조금 더 가까운 곳에서 엿본 것 같은 기분이 든다. 그래서 마트나 시장 구경은 해외여행 중 빼놓지 않고 꼭 해보는 일정 중 하나이다.

여행 첫날 짧고 굵게 까르푸에서 마트 탐험을 하고 나니 뿌듯했다.

귀여운 간판의 딤섬 가게

동네 딤섬 가게

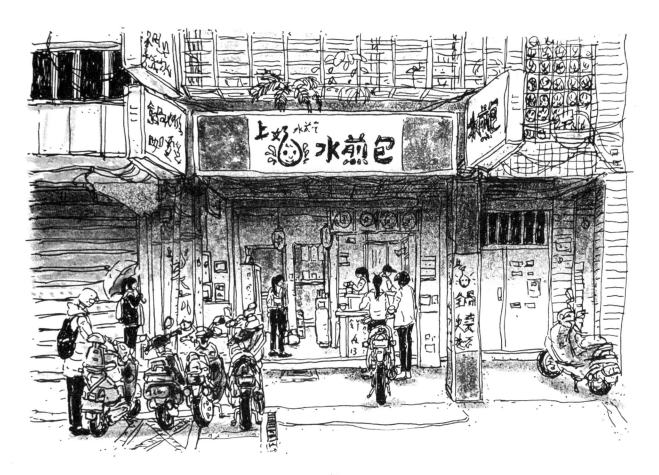

타이베이의 아침 식사

　평소에 아침 식사를 하지 않는 사람들도 여행지에서는 아침을 챙겨 먹는다. 여행지에서 먹는 끼니는 하루 세끼로도 부족할 정도로 먹고 싶은 게 많으니까. 특히 대만은 맛있는 음식들이 많기로 유명한 곳. 여행 중에 아침 식사를 빼놓기는 아쉽다.

　대만 사람들은 삼시 세끼 중에서 아침 식사를 가장 중요하게 여겨서 아침 식사를 꼭 챙겨 먹는다고 한다. 아침은 거르고 점심이나 저녁을 거하게 먹는 한국의 아침 풍경과는 다르다. 타이베이에 가면 다양한 아침 식사 문화를 경험해 볼 수 있다. 그래서 그런지 여행 전부터 타이베이의 아침 식사 풍경이 궁금하고 기대됐다.

　'아침부터 문을 연 가게가 있을까?' 궁금증에 숙소 주변부터 문을 연 가게가 있나 둘러봤다. 숙소 근처는 역 주변이라

그런지 아침부터 문을 연 가게들이 꽤 있었다.

숙소가 있는 골목길에서 딤섬을 파는 가게를 발견했다. 타이베이의 딤섬 가게라니! 너무 반가웠다. 가게에 걸린 간판도 너무 귀엽다. 또롱또롱한 표정의 딤섬이 미소를 짓고 있는 모습이 그려진 간판이었다. 한입 베어 물면 금방이라도 육즙이 뚝뚝 떨어질 것 같은 딤섬. 한자를 잘 몰라서 대충 해석한 가게 이름은 '上好 水煎包', 번역기로 돌려보니 '좋은 아침'이라고 나오는데, 맞는지? 아침부터 맛있는 딤섬과 함께 좋은 아침을 시작하라는 뜻일까. 참으로 유쾌한 가게 이름이다. 기회가 되면 방문해 보고 싶었는데 일정 중에 방문하지 못한 게 아쉬웠다. 나중에 찾아보니 수전포 집이었고 수전포는 샤오룽바오나 사오마이와는 다르게 구워서 찌는 딤섬이라고 한다. 언젠가 다시 찾아갈 일이 있겠지.

숙소에 들어가서 스케치북과 펜을 가지고 왔다. 딤섬 가게를 그렸다. 시간이 넉넉하지 않아서 펜으로 간단하게 드로잉을 했다. 귀여운 간판의 딤섬 가게 덕분에 드로잉으로 하루를 시작했다.

타이베이 101 스타벅스에서 야경을

타이베이 101빌딩 스타벅스

스타벅스 타이페이 101에서

타이페이 친구보다 단단한 점에율 50 50

@Starbuck Taipei 101

49

이제는 다시 갈 수 없는 순간

   타이베이에 여행을 와서 여행 첫째 날 공식적으로 방문한 장소는 바로 스타벅스!

   타이베이 101빌딩에 있다는 걸 얘기하지 않는다면, 타이베이 여행에서 첫 여정으로 스타벅스를 방문했다고 얘기한다면, 좀 유별나거나 특이한 사람으로 보일지도 모른다. 아니면 커피나 스타벅스를 무척이나 사랑하는 마니아라고 생각할지도 모른다.

   원래 계획은 타이베이 101빌딩에 있는 전망대에서 시티뷰를 볼 생각이었다. 하지만 타이베이 101빌딩 전망대의 관람료는 착하지 않다. 게다가 일정상 전망대를 방문할 시간은 해가 진 후라 야경을 볼 시간이다. 왠지 가성비가 맞지 않는다. 그래서 그에 대한 대안으로 선택한 것이 타이베이 101빌딩 35층에 있는 스타벅스였다.

전망대에 비하면 높은 곳에 위치한 건 아니지만 그 정도면 시티뷰나 야경을 보기에는 충분한 높이다. 그렇게 해서 여행 첫날 타이베이 101빌딩에 있는 스타벅스로 갔다.

타이베이 101빌딩에 있는 스타벅스는 다른 스타벅스같이 아무 때나 자유롭게 방문할 수 있는 곳이 아니다. 미리 예약을 하고 방문할 수 있는 100% 예약제로만 갈 수 있는 곳이다. 평소에 부담 없이 드나들던 스타벅스를 예약해야만 방문할 수 있다니. 한국이었다면 스타벅스에 들어가기 위해 예약을 하고 입장 대기 순서를 기다린다는 일은 상상도 할 수 없다.

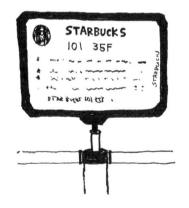

하지만 지금 나는 여행 중이고, 이곳은 타이베이다. 여행은 평소에 하지 않던 일도 마다치 않고 실행하게 하는 마법 같은 추진력을 선사하기도 한다.

타이베이 101빌딩 1층에서 스타벅스 관계자의 에스코트를 받으며 33층 스타벅스에 도착했다. 타이베이 101빌딩의 스타벅스는 생각보다 작은 규모의 아기자기한 곳이었다.

자리를 잡으려고 둘러보니 전망이 좋은 창가 자리는 이미 만석이다. 자리 선택의 폭이 넓지 않아서 오히려 자리를 선택하는 게 어렵지 않았다. 큰 고민 없이 그림을 그리기 좋아 보이는 널따란 테이블이 있는 곳에 자리를 잡았다.

외부가 잘 보이는 창가 쪽에 가서 창밖을 빼꼼히 내다봤다. 밤인 데다 야경이라 그런지 바깥 풍경이 잘 보이지 않았다. 타이베이 여행 첫날 타이베이의 야경을 그려보겠다는 야심 찬 목표가 흔들리기 시작했다. 건물이 높고 유리창도 흐릿해서 풍경이 더 안 보이는 것도 같고… 이곳은 낮에 와서 타이베이의 전경을 보거나 그림을 그리는 게 좋을 것 같았다. 우리는 각자 음료를 주문하고 자리를 잡고 앉아서 자유롭게 타이베이에서의 첫 드로잉을 하기로 했다.

내 마음은 타이베이의 야경을 그리고 싶었다. 하지만 야경을 그리는 게 만만치 않아 보였다. 나는 창밖 풍경이 잘 안 보여서라는 이유로 야경 그리기는 가뿐히 포기하고 창가에 나란히 앉아 있는 가족의 뒷모습을 그리기로 했다. 타이베이의 야경을 보러 온 관광객들로 보이는 가족의 뒷모습. 왠지 모를 여행자의 동질감으로 반가운 마음이 들었다.

그렇게 타이베이 101빌딩 스타벅스에서 타이베이의 첫 그림을 그렸다.

여행을 다녀온 뒤 타이베이 101빌딩을 검색했다. 타이베이 101빌딩의 스타벅스가 문을 닫았다는 글을 봤다. 그곳을 왜 갔을까, 생각하게 하였던 타이베이 101 스타벅스. 이제는 다시 갈 수 없는 곳이 됐다. 그렇게 생각하니 그때 다녀오길 잘했다는 생각이 들면서 묘한 안도감이 느껴졌다.

이제는 다시 갈 수 없다는 사실이 한정판 물건을 마지막에 산 사람처럼 그때의 기억을 다시 경험할 수 없는 소중한 기억으로 바꾸어 주었다. 이럴 때 보면 나란 사람 참 단순한 사람.

100년 된 가게

상어 국수 식당

골목에서 보물찾기

　목적지인 중산역만 정해 놓고 발길 닿는 대로 걷기 시작했다.

　인적 하나 없이 조용했던 골목길에
왁자지껄한 사람들의 목소리가 들렸다.
소리가 나는 곳으로 가까이 가보니 많
은 사람이 가게 밖까지 길게 줄을 서서
기다리고 있었다. 가게의 규모는 작았
지만 식당의 좌석은 이미 만석이었다.
다른 가게들은 한산해 보였는데 이 가
게 주변에만 사람들이 몰려있었다. 어
떤 가게인지 호기심이 생겼지만 그날따
라 배가 고프지 않아서 망설여졌다.

일행 중 몇몇은 이곳에서 아침을 먹기로 했다. 같이 아침을 먹을까 고민하다가 중산역에 도착해서 점심을 먹고 싶은 마음에 식사를 하지 않고 그 가게를 떠났다. 식사를 한 일행에게 나중에 들어보니 그 식당이 꽤 유명한 맛집이라고 한다. 미슐랭 가이드에도 나오는 100년 된 역사의 상어 국수 가게라고.

타이베이의 골목길, 뜬금없는 장소에 유명한 맛집이 숨어 있었다.
기대하지 않았던 곳에서 보물찾기라도 한 것처럼 신기했다. 그 식당에만 사람들이 북적북적했을 때 눈치를 챘어야 했는데…, 꼭 이럴 때 감이 떨어진다. 아쉬웠다. 한국에서 쉽게 접할 수 없는 상어고기를 맛볼 수 있는 흔치 않은 기회인데 말이다.

다시 타이베이를 가게 된다면 상어 국수를 먹어 보고 싶다. 새로운 곳을 가고 새로운 음식을 먹으면 우리의 뇌는 젊어진다고 한다. 앞으로 여행 중에 이런 기회를 만난다면 놓치지 말아야겠다.

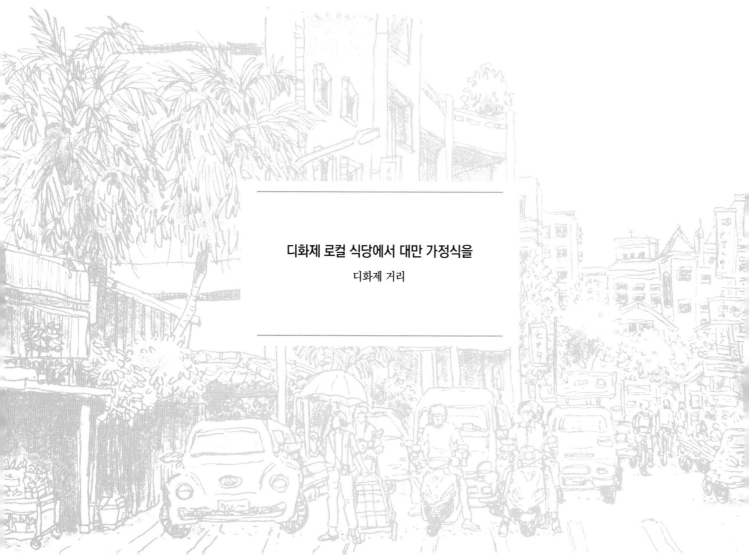

디화제 로컬 식당에서 대만 가정식을

디화제 거리

여정이 술술 풀리는 행운의 밥상

 길을 걷다 보니 어느새 디화제 근처. 게다가 시간은 어느새 점심시간. 점심을 먹기 위해 디화제 근처 식당을 둘러보기로 했다.

 대만 가정식을 만드는 깔끔한 로컬 식당이 눈에 들어왔다. 식당에 자리를 잡고 각자 먹을 메뉴를 하나씩 골랐다. 그리고 반찬 겸 같이 먹을 수 있는 전채요리 하나와 연두부 튀김도 주문했다.

 메뉴가 나오기를 기다리는 중에 테이블에 놓인 재스민차를 잔에 따랐다. 한국에서도 중국집에 가면 종종 마실 수 있는 재스민차를 여행 중에 만나니 반가웠다. 따뜻한 재스민차를 마시며 식당에 앉아 있으니 몸도 마음도 노곤하게 풀어지는 것 같았다.

 주문한 음식들이 하나둘씩 나왔다. 제일 기대했던 연두부 튀김은 고소

하고 부드러운 두부의 촉촉함과 튀김의 바삭함이 잘 어울려서 맛있었다. 한국에서 먹던 두부 튀김은 단단한 두부에 튀김옷을 입힌 것인데 그것과는 다른 새로운 맛이었다. 반찬 겸 애피타이저로 시켰던 백김치도 깔끔하고 담백해서 메인 요리와 같이 곁들여 먹기에 좋았다.

일부러 검색해서 찾아가거나 계획적으로 찾아간 유명한 식당이 아니다. 그런데도 주문한 음식들이 다 맘에 들었다. 여행 중에 1도 기대도 안 했는데 이렇게 여정이 술술 풀리는 순간이 있다.

이런 순간을 여행 중에 만나면 마치 행운이 찾아온 것처럼 기분이 좋아진다.

우육면 맛집을 찾아서

타이베이 골목

생애 첫 우육면

타이베이 여행을 가기 전까지 '우육면'은 평소에 접해 보지 못한 생소한 음식이었다. 일명 물에 빠진 고기 요리보다는 삼겹살이나 스테이크같이 기름에 바삭바삭하게 구운 고기 요리를 좋아한다. 그래서 우육면에 대한 정보를 들었을 때 내 입맛에 맞을지 걱정이 됐다. 평소에 입맛이 짧은 편은 아니지만 못 먹는 음식들이 꽤 있다. 하지만 타이베이 여행을 간다고 했을 때 우육면을 먹어서 좋겠다는 이야기를 듣고 우육면에 대한 궁금증이 커졌다. 그래서 우육면은 타이베이에 가면 꼭 먹어봐야 할 버킷리스트가 되었다.

보피랴오 역사 거리로 가던 길에 우육면 식당이 하나 나타났다. 식사시간은 아니었지만 우육면 가게가 나타나니 그냥 지나칠 수 없었다. 왠지 운명 같은 그런 느낌? 가게도 왠지 맛집 같아 보였다. 우연히 만난 우육면 식당은 미슐랭 맛집인 '건꿩우육면'이라는 가게였다. 왠지 밥 시간도 아닌데 우육면이 당기더라니, 우육면 맛집을 만난 것이다. 오늘도 운이 잘 풀리려나 보다.

65

식당에 자리를 잡고 메뉴를 골랐다. 우육면은 대·중·소 세 가지가 있었다. 배가 많이 고프지 않아서 소를 주문했다. 가게를 둘러보니 가게 내부에 배치된 큰 냉장고 안에 반찬으로 먹을 전채요리가 진열되어 있다. 우육면과 함께 먹으면 좋을 거 같은 담백한 반찬 두 개를 골랐다.

기다리던 우육면이 나왔다. 식당 테이블 위에 놓인 고추기름과 식초, 마늘, 쏸차이를 우육면에 듬뿍 넣었다. 우육면의 고기는 잡내도 없고 두툼한 데다 육질이 부드러웠다. 고기의 맛이 잘 배인 국물도 은근하고 구수했다. 여행 오기 전에 했던 우육면에 대한 걱정은 기우였다.

그렇게 타이베이에서 먹은 생애 첫 우육면은 성공적이었다.

두 번째 우육면은 융캉제의 우육면 맛집 융캉우육면.
융캉제를 걷다 보니 배가 슬슬 고파졌다. 이날은 고민할 필요 없이 만장일치로 융캉 우육면에서 점심을 먹기로 했다. 융캉 우육면은 여행 둘째 날 동

면역을 갔을 때 대기인원이 너무 많아서 식사를 포기했던 곳이다. 한국에는 이연복 셰프가 방문한 곳으로 유명해진 곳이다. 융캉 우육면은 현지에서도 유명한 맛집이다 보니 비가 내리는 날씨임에도 대기 줄이 꽤 길었다. 그래도 2층까지 있는 꽤 큰 규모의 가게라 기다리면 곧 자리가 날 것 같았다.

비 오는 날 융캉제에 우육면을 먹기 위해 우산을 쓰고 길게 줄 선 사람들의 풍경은 꽤 인상적이었다. 그러고 보니 길을 걷다가 줄이 길게 선 곳은 거의 다 유명한 맛집이다. 타이베이에서 맛집을 찾을 수 있는 가장 간단한 방법은 줄이 길게 선 가게를 찾는 거다. 20~30분쯤 기다리니 자리가 났다. 1층은 자리가 차서 우리는 2층에 자리를 잡았다.

우육면은 매운맛과 안 매운맛 두 종류가 있었고, 대와 소로 구분해 판매했다. 나는 매운 걸 잘 못 먹어서 안 매운 우육면 소를 주문했다.

숟가락으로 국물을 떠서 한입 입안에 넣었다. 따뜻하고 맑은 국물이 들어가니 비가
와서 살짝 차가웠던 속까지 든든해지는 것 같았다. 국물을 먹었으니 두툼한 우육을 맛
볼 차례다. 짭조름한 우육면에 잘 우려진 튼실한 고기는 만족스러운 맛이었다.

굳이 비교를 하자면 융캉우육면도 맛있었지만 내 입맛에는 시먼딩에서 먹었던 권꿩
우육면이 맛과 가성비 면에서 더 만족스러웠다. 융캉우육면은 유명세 덕분인지 위치 때
문인지 몰라도 다른 우육면 가게보다 가격이 비쌌다. 융캉우육면이 맛있긴 하지
만 가격을 생각하면 개인적으로 이 정도로 유명한 맛집인가? 하는 의문이 살짝
들었다.

여행에서 돌아온 후에도 날씨가 쌀쌀해질 때마다 우육면이 은근하게 생각이
났다. 겨울이면 생각나는 뜨끈 두툼한 타이베이의 우육면.

딤섬 하면 떠오르는 곳

딘타이펑 본점

또 오겠지

　처음 딤섬이라는 단어를 들었을 때 중국식 고급 만두인 줄 알았다. 딤섬을 처음 먹어본 곳은 뷔페식당이었다. 뷔페에서 처음 맛본 딤섬은 평소에 먹던 피가 두껍고 투박한 만두와 달리 얄팍한 외형의 피를 입힌 고급스러운 요리였다. 딤섬이란 단어는 원래 광둥어로 우리말 '점심'이란 단어와 같은 뜻으로 아침과 점심 사이에 간단하게 먹는 음식인 '브런치', '아점'이란 뜻이다.

　한국에 상륙한 딤섬은 본래 딤섬의 의미와는 달라졌지만 용기에 담아 쪄서 익혀 먹는 음식은 모두 딤섬이라고 볼 수 있다. 우리들이 즐겨 먹는 만두도 딤섬의 한 종류다.

　딤섬 하면 바로 떠오르는 '딘타이펑'은 한국에도 지점이 몇 개가 있는 유명한 식당이다. 딘타이펑의 본점은 동먼역 융캉제에 있는데 본점이라 제일 유명하다.

융캉제가 있는 동먼역에 도착했을 수많은 사람으로 붐비는 작은 가게가 눈에 들어왔다. 그 유명한 딘타이펑 본점이었다. 평소에 만두나 딤섬 같은 요리를 좋아해서 타이베이에 왔으니 딘타이펑 본점에서 오리지널 샤오룽바오를 맛보고 싶었다.

딘타이펑의 대표 메뉴인 육즙 가득한 샤오룽바오와 사오마이. 타이베이의 딤섬은 육즙이 풍부하기로 유명하다. 딤섬을 생각만 해도 침이 꼴딱 넘어갔다.

샤오룽바오

딘타이펑에서 한 끼 정도 식사를 하면 여행 기념이 될 것 같았다. 하지만 매번 갈 때마다 대기가 엄청 길었다. 갈 때마다 대기시간이 최소 1시간 30분에서 2시간 정도였다.

타이베이 여행 중에 딘타이펑에서 식사하진 못했다. 아쉬웠지만 언젠가 다시 타이베이에 가게 되면 딘타이펑 본점에서 샤오룽바오를 먹어야 할 공식적인 이유가 생겼다.

새우 사오마이를 먹으러

항주소룡포

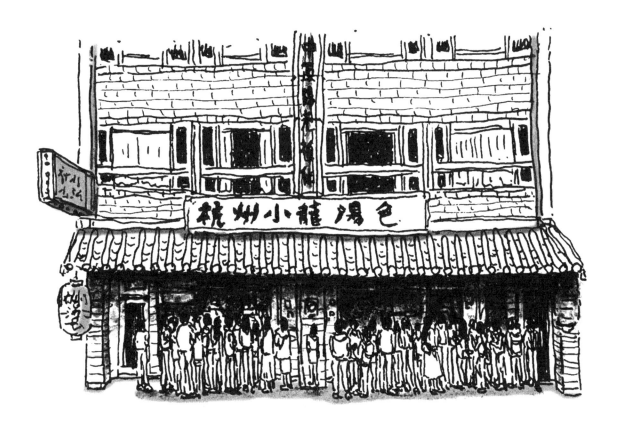

기다림의 보상

　융캉제에는 유명한 맛집이 많다. 하지만 슬프게도 맛집은 매번 긴 대기이라는 허들이 있다. 시간이 넉넉한 오전이나 일정이 비는 저녁에는 긴 대기도 감수할 수 있지만, 여행 중 한 끼를 먹기 위해 긴 시간 기다리기는 쉽지 않다. 그래서 꽤 유명한 맛집을 근처에 두고도 다른 식당을 찾는 일이 있었다.

　딘타이펑의 긴 대기에 놀라서 다른 식당을 찾기로 했던 저녁. 걷다 보니 해가 지고 어느새 중정기념관 근처까지 왔다. 중정기념관 근처에 샤오룽바오 맛집이 나타났다. 가게의 이름은 '항주소룡포'로 이곳도 꽤 유명한 맛집이라 가게 앞에 대기인원이 많았다. 하지만 우리는 하루 종일 걷고 이동하느라 배도 고프고 지쳤다. 결국, 다른 식당을 찾아 방황하는 것은 포기하고 이곳에서 순서를 기다려 저녁을 먹기로 했다.

일단 식당에 대기 번호표를 남겨두고 식당 주변에서 순서를 기다릴 겸 쉬기로 했다.

꽤 오랜 시간이 지난 후 식당으로 입장했다. 가게 입구만 봤을 때는 몰랐는데 '항주소룡포'는 가게 내부도 깔끔하고 꽤 넓었다. 기다림이 길었던 만큼 식당에 자리를 잡고 앉으니 몸과 마음의 평화가 찾아왔다. 이 집은 샤오룽바오가 유명한 집이고 나는 아직 샤오룽바오를 먹어 보지 못했다. 고민할 것 없이 샤오룽바오를 주문했다. 맛있어 보이는 새우 사오마이와 전채요리로 공심채볶음도 주문했다. 공심채볶음은 모닝글로리라는 채소를 볶아서 만든 전채요리이다. 베트남 여행 갔을 때 처음 먹어 본 후 아삭아삭한 모닝글로리의 맛에 빠져서 팬이 됐다. 타이베이에서 공심채볶음을 발견하니 베트남 여행의 추억이 생각났다.

입안 가득 육즙이 가득 퍼지는 샤오룽바오와 고소하고 부드러운 새우 살이 감칠맛 나는 새우 사오마이. 오래 기다렸던 만큼 음식은 모두 맛있었다. 내 입맛에는 샤오룽바오보다는 새우 사오마이가 더 맛있었다.

항주소룡포는 새우 사오마이 맛집으로 마음속으로 메모.

비 오는 아침에 참깨 국수를

핫 팟 레스토랑

빗소리와 함께한 소박한 시간

여행 갈 때 날씨 운이 좋은 편이다. 그래서 여행지에서 우산을 쓴 날이 손에 꼽을 정도다. 그리고 12월의 타이베이는 비가 가장 적게 내리는 달. 하지만 이번 여행 일정 중 반 이상이 비 소식이 있어서 우산을 준비했다.

여행 셋째 날, 아침부터 빗방울이 떨어지기 시작했다. 비가 와서 그런지 전날과는 다르게 기온이 내려가 날씨가 쌀쌀해졌다. 이런 날은 방심하면 감기에 걸리기 쉽다. 여행 중에 감기라도 걸리면 여행을 즐기기는커녕 모든 일정이 꼬인다. '과연 입을 수 있을까?' 고민하며 챙겨왔던 패딩을 꺼냈다.

비가 오니 숙소 근처에서 아점을 먹기로 했다.
우리는 느긋한 여행자. 서두를 필요가 없다. 비가 와서 그런지 뜨끈한 국물이 아침부터 당긴다.

마침 숙소 근처에 곱창 국수가 맛있는 집이 있다고 한다. 곧바로 그곳으로 향했다. 일요일이라 그런지 아니면 아직 오픈전이라 그런지 가게 문이 닫혀있었다. 주변을 둘러보니 일요일 오전이어서 오픈한 가게들은 거의 없고 문을 연 가게는 카페 정도였다.

빗방울이 굵어지기 시작했다. 우산을 한 손으로 들고 주변에 오픈한 가게가 있나 핸드폰으로 검색 또 검색.

일요일에도 오전에 오픈하는 가게가 마침 근처에 하나 있었다. 비도 피할 겸 그곳에서 아점을 먹기로 했다. 가게 간판이 한자로 되어 있어 한 번에 어떤 가게인지 알 수 없었다. 찾아보니 양고기를 메인으로 하는 핫팟 레스토랑이다. 구글 평점도 나쁘지 않고 가게는 외부에도 자리가 있을 정도로 넓었다.

양고기가 메인인 식당. 나는 양고기를 잘 먹지 못해서 양고기가 들어가지 않은 메뉴를 검색했다.

참깨 국수가 눈에 들어왔다. 고기가 들어가지 않은 메뉴는 그거뿐이라 고민할 필요가 없었다.

야외 테이블에 앉으니 비 오는 거리가 잘 보였다. 비가 내리는 건 싫지만 비 오는 소리를 듣는 건 좋아한다. 야외 테이블은 좋은 선택이었다.

음식이 나오기 전에 빗소리를 들으며 비 오는 거리 반대편으로 보이는 작은 가게를 스케치했다. 스케치를 하는 동안 주문한 메뉴가 나왔다. 따끈한 국물이 들어가니 마음까지 따스해졌다.

비 오는 날, 참깨와 면으로 구성된 담백한 국수를 후루룩 먹던 타이베이의 비 오는 아침의 기억이 하나 추가됐다. 참깨 국수만큼이나 소박했던 순간. 특별한 사건이나 이벤트는 없었지만, 여행 후에 비가 오는 날이면 이날 아침이 가끔 생각난다.

여행보다 디저트

타이베이의 디저트 가게

대만이 원조인 디저트

가끔은 밥보다 디저트가 더 당기는 날이 있다. 화려한 비주얼로 완성된 달짝지근한 디저트는 다운된 기분도 금방 좋아지게 만드는 마법 같은 매력이 있다. 타이베이는 먹으러 여행을 간다는 말이 있을 정도로 맛있는 음식으로 유명한 미식의 도시. 한국에 상륙한 유명한 디저트 중에도 대만이 오리지널인 게 꽤 많다.

지금은 디저트보다 밥이 더 좋지만 한때는 밥 대신 디저트로 한 끼를 때울 정도로 달짝지근한 간식을 좋아했다. 보는 것만으로도 즐거워지는 멋진 비주얼의 디저트는 지치고 힘든 하루를 달콤하게 만들어 주는 비타민 같은 존재였다. 한국에 대만에서 온 흑당 밀크티 전문점이 오픈했다. 일반 밀크티와 달리 깊은 심연만큼 진해 보이는 흑당 밀크티의 비주얼은 한번 본 후로 꽤 오랫동안 머릿속에 남았다. 결국, 평소에 잘 서지 않는 긴 대기 줄을 마다치 않고 기다려서 흑당 밀크티를 마셨다.

상상했던 것만큼 엄청난 맛은 아니었지만 일반 밀크티보다 진한 흑당과 쫀득쫀득한 타피오카 펄의 조화는 잘 어울렸다. 하지만 이미 맛봐서 그랬는지 막상 타이베이 여행 중에 흑당 밀크티는 먹고 싶은 생각이 들진 않았다.

대신에 한국에 없는 85℃ 카페에서 궁금했던 소금 커피를 마셨다. 소금 커피는 이전에는 맛보지 못한 새로운 맛이었다. 소금 커피가 가진 '단짠'의 절묘한 조화라니! 단맛보다 짠맛이 더 나의 입맛에 잘 맞았다.

여행을 다녀온 후 한국에도 소금 커피를 파는 커피숍이 생겼다. 소금 커피 메뉴를 본 순간 타이베이의 85℃ 커피가 생각났다. 타이베이에서의 추억을 생각하며 소금 커피를 주문했다. 타이베이에서 맛본 소금 커피와 똑같은 맛은 아니었지만 단짠이 조화된 커피를 입에 한 모금 마신 순간 타이베이에서의 기억이 되살아났다. 앞으로도 소금 커피 메뉴를 보게 되면 나는 타이베이에서 맛본 소금 커피가 생각나겠지.

가끔은 여행보다 디저트가 더 기억에 오래 남는다.

85℃ 소금커피

타이베이 망고 빙수

　인기 많았던 여행 관련 예능을 보고 대만의 망고 빙수에 관심이
생겼다. 달달하고 시원한 빙수에 부드러운 망고가 토핑으로 얹힌
망고 빙수. 한국에서는 쉽게 접할 수 없는 비싼 과일인 망고가 토핑
으로 잔뜩 올려져 있는 비주얼은 보기만 해도 마음이 혹할만했다.

　시먼딩에서 훠궈를 맛있게 먹고 시먼딩 거리를 걷다가 사람들로
붐비는 작은 가게를 발견했다. 가까이 다가가서 살펴보니 삼 형제
망고 빙수 가게다.

　삼 형제 빙수 가게는 망고 빙수가 맛있기로 유명한 곳이다. 저녁
을 먹은 직후라 배불렀지만, 디저트 배는 따로 있는 법. 기본 메뉴인
망고 빙수를 하나 시켜서 같이 맛보기로 했다.

부드러운 빙수 위에 토핑으로 달콤한 아이스크림과 슬라이스 된 망고가 푸짐하게 올려져 있었다. 배가 불렀지만 망고 빙수는 너무 달콤했고 숟가락을 놓을 수 없었다. 결국 마지막 한 숟갈까지 남김없이 먹었다. 달콤한 망고 빙수를 먹으니 마음까지 달콤해졌다.

하루 동안 쌓인 여행의 노곤함과 피곤함이 망고 빙수와 함께 달콤하게 녹아내렸다.

시먼딩 대만식 소시지

　소시지를 좋아한다. 동글 길쭉 맛있게 생긴 소시지는 단품으로 먹어도 맛있고 양파와 달걀과 함께 기름에 볶아 먹어도 맛있다. 소시지는 어딜 가도 소시지 맛일 것 같은데 타이베이에 대만식 소시지가 유명하다고 한다. 유명한 수제 소시지를 먹어도 엄청난 맛은 아녔기에 대만식 소시지에 대한 큰 기대는 없었다. 타이베이 여행 첫날 야시장에서 대만식 소시지를 먹었다. 소시지를 한입 베어 문 순간 소시지가 소시지겠지 했던 의혹은 달콤한 육즙과 함께 깔끔하게 사라졌다. 그다음에 맛본 타이베이 소시지는 시먼딩 노점상에서 파는 소시지였다.

　시먼딩에서 먹었던 소시지는 소시지와 같이 먹을 수 있는 마늘까지 완벽하게 갖춰져 있었다. 구운 마늘과 소시지는 너무나 잘 어울려서 먹고 난 후에도 그 풍미가 입안에 가득했다. 단번에 마음속으로 타이베이의 찐 맛집으로 등극. 시먼딩의 소시지 가게는 주인 아저씨의 친절하고 재치 있는 모습 덕분에 더 기분 좋은 곳으로 기억에 남았다.

맛 또한 추억이 된다

미식 여행을 기대하며 타이베이로 여행을 갔다. 하지만 입이 짧은 것도 아닌데 기대만큼 다양한 음식을 맛보지는 못했다. 그래도 타이베이 여행 중에 먹었던 디저트는 소소한 여행 중에 오아시스 같은 존재감을 뽐내며 다양한 즐거움을 안겨 주었다. 여행을 다녀온 뒤 여행에서 생긴 일정보다 그날 먹었던 음식이나 디저트가 더 오래 기억에 남은 날도 있었다.

가끔은 여행보다 디저트가 중요한 이벤트가 되는 순간. 맛있는 요리나 달콤한 디저트가 주는 소소한 행복감은 그날의 인상을 좌지우지할 정도로 여행의 중요한 요소이다. 먹기 위해 여행을 갈 정도로 음식에 진심은 아니지만 맛있는 음식을 먹는 것은 배놓을 수 없는 여행의 큰 즐거움이다.

눈과 코, 입 오감을 즐겁게 해주는 타이베이의 다양한 디저트 덕분에 타이베이 여행은 달콤하게 기억됐다.

하니 비어

촉촉이버닝티

만한대찬 泡麵

통일 푸딩

쌍메리 뜨라차

미미크라커 ♪

85℃ 숍커피

타이베이에서 훠궈를 외치다

훠궈 레스토랑

훠궈 맛집을 찾아서

　채소와 함께 고기를 먹는 것을 좋아한다. 특히 고기를 따뜻하게 물에 데쳐서 채소와 함께 먹는 샤부샤부는 언제 먹어도 맛있다.

　언제인가부터 훠궈와 마라탕 가게가 우후죽순처럼 생겨났다. 향신료가 강한 음식을 잘 못 먹는 편이라 훠궈와 마라탕이 유행해도 선뜻 먹어 볼 마음이 생기지 않았다. 하지만 훠궈는 백탕과 홍탕, 순한 맛과 강한 맛을 골라 먹을 수 있어서 쉽게 접근할 수 있었다. 처음 훠궈를 먹었던 날. 훠궈 백탕은 평소에 먹던 샤부샤부와 비슷해서 맛있게 먹었다. 반면에 홍탕은 보기만 해도 위가 불타오를 것 같은 비주얼로 실제로도 매워서 국물만 살짝 맛보고 말았다.

　한국에서 훠궈를 맛보고 훠궈의 팬이 됐다. 타이베이 여행이 결정됐을 때 진짜 훠궈를 맛볼 수 있을 거란 기대에 설레었다. 타이베이의 유명한 훠궈 맛집을 열심히 검색했다.

타이베이 여행 셋째 날 저녁 드디어 시먼딩의 유명한 훠궈 맛집에 훠궈를 먹으러 갔다.

훠궈를 먹으러 간 곳은 시먼딩의 유명한 훠궈 맛집 'TAKAO1972'. 여행 오기 전에 타이베이를 여행한 유튜버가 극찬한 훠궈 집이라 기대가 컸다. 'TAKAO1972'는 이미 자리가 만석이라 40분 정도 기다려야 했다. 운 좋게 기다린 지 10분도 안 되어 빈자리가 생겼다. 다른 가게를 찾아 나서지 않은 게 얼마나 다행인지….

반가운 마음에 한걸음에 식당으로 들어갔다. 마트형이라 진열된 식재료를 구매 후 기본 세팅 비용을 포함해서 계산만 하면 됐다. 먹고 싶은 재료를 이것저것 신나게 담았다.

고기, 생선, 각종 채소와 버섯, 어묵, 두부, 해산물까지 다양하고 신선한 재료들에 눈도 마음도 설레었다.

'TAKAO1972'는 개인별로 훠궈 팟이 있다. 이 점이 특히 맘에 들었다. 식당 뒤편에는 뷔페식으로 각종 소스와 면, 달걀 그리고 후식으로 아이스크림이 있었는데 이 메뉴들은 기본 세팅비에 포함된 것이라 자유롭게 먹을 수 있었다. 훠궈에 넣어 먹을 수 있는 면들도 다양했다. 그중에서 '왕자면'이라는 면이 맛있다고 추천해서 먹었는데 진짜 맛있었다. 노란색의 귀여운 패키지의 이름도 재미있는 '왕자면'(王子麵). 그 후에 왕자면을 보면 TAKAO1972 훠궈가 생각났다. 뜨끈한 국물이 위에 들어가니 술 한 잔이 생각났다. 타이베이에 왔으니 중국 술을 맛봐야지. 대만 대표 술인 금문 고량주도 주문했다.

뜨끈한 훠궈로 배를 가득 채우고 후식으로 아이스크림까지 야무지게 먹었다. 맛있는 훠궈를 먹고 나니 피곤했던 몸도 마음도 말랑해졌다. 그 여세를 몰아 시먼딩 거리를 열심히 걷기 시작했다.

타이베이에서 먹었던 훠궈 식당 중 다른 한 곳은 중산역. 중산역은 많은 사람이 오고 가는 번화가라 식당은 많았지만 적당한 식당을 찾기가 쉽지 않았다. 중산역 주변을 몇 바퀴 헤매다가 훠궈를 파는 작은 가게를 발견하고 그곳에서 점심을 먹기로 했다. 메뉴는 세팅된 훠궈 세트와 채소와 고기, 해산물, 면 등 다양한 재료를 원하는 만큼 골라서 먹을 수 있는 메뉴, 그렇게 두 가지로 구성되어 있었다. 마침 전날 저녁에도 훠궈를 먹었던 나는 기본 훠궈 세트를 골랐다. 기본 세트에는 면이 하나 기본으로 들어가는데 전날도 맛있게 먹었던 왕자면이 들어있어서 반가웠다.

주문하고 자리를 잡고 앉아 있으니 훠궈를 만들어서 자리까지 가져다주었다. 기본 세트라 토핑이 많지 않았지만 맛있게 잘 먹었다. 훠궈는 간단하게 먹을 만한 곳을 찾기가 힘든데 이곳은 부담 없는 가격에 훠궈를 먹기에 좋은 가게였다. 여행을 다녀온 뒤 그 가게가 잘 있는지 궁금했다. 열심히 그 가게를 찾아 검색했지만 이제 중산 거리에서 그 가게를 찾을 수 없었다. 코비드 19로 인해 관광객의 발길이 줄어들면서 가게가 문을 닫은 것 같았다. 타이베이의 몇 안 되는 아는 가게가 없어졌다는 사실에 아쉬움이 들었다.

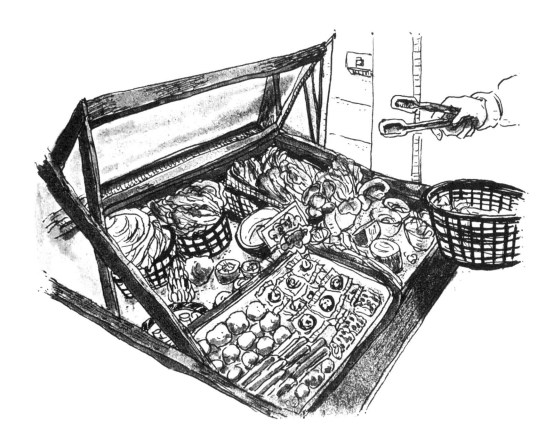

지금 이 순간에 충실해지는 연습하기

Daylight Brunch cafe

마음이 하고 싶은 방향대로

　지금 이 순간에 충실하고 있나요? 지금 이 순간? 미래도 과거도 아닌 지금 이 순간을 살아가고 있는데 뜬금없는 이상한 생각이라고 할지도 모른다. 이 질문이 어색하다면 평소에 지금 이 순간에 충실하다는 것에 대해 생각해 보지 않았을 수도 있다. 나 또한 미래도 과거도 아닌 지금 이 순간에 충실하는 법을 까먹은 사람처럼 시간을 보낼 때가 많았다. 생각해 보면 나는 과거의 일이나 조금 먼 미래, 아니면 아주 먼 미래에 대한 걱정이나 생각에 자주 빠졌다. 그 덕분에 지금 실존하는 이 순간을 제대로 즐기지를 못하고 놓쳐 버릴 때가 많았다.

　'Carpe diem', 지금 살고 있는 현재 이 순간에 충실하라는 의미이다. 영화 '죽은 시인의 사회'에 나오는 유명한 문구처럼 순간에 충실하기는 지금 이 순간 나에게도 유효한 숙제 중 하나다. 곰곰이 생각해 보면 지금 이 순간에 충실하기는 쉬워 보이지만 생각보다 쉽지 않다.

하루에도 몇 번씩 내 마음은 어제나 지난주 혹은 내일이나 다음 달에 미리 가 있거나 어제나 그제, 한 달 전으로 역주행하기 일쑤다. 지금 이 순간에 충실해지는 것은 운동처럼 꾸준한 연습이 필요하다.

순간에 충실하는 것이 쉽지 않은 나에게도 저절로 순간에 충실해지는 때가 있다. 그건 바로 여행을 갔을 때와 그림을 그릴 때이다. 여행을 가게 되면 여행지에서의 모든 순간, 일분일초가 아쉽다. 한눈을 팔거나 회사나 집안일 등 다른 생각을 하느라 아름다운 풍경이나 순간을 놓칠 순 없다. 당연히 내 모든 감각은 초집중 모드가 된다. 그림을 그릴 때도 비슷하다. 그림을 그리고 있는 순간에는 대상을 그림으로 표현하기 위해 나의 눈과 손가락, 온 신경과 마음은 그림에 집중된다.

그런 의미에서 여행을 가거나 그림을 그리는 일은 나에게 순간에 충실해지는 연습을 하는 시간이 된다. 평소에 산만한 아이처럼 집중하지 못하고 딴생각하기 일쑤인 나에게 그림을 그리거나 여행을 하는 순간은 온전히 순간에 집중할 수 있는 소중한 시간이 된다.

비가 오는 융캉제 거리를 걸었다. 비가 그친 것 같았는데 비가 조금씩 내리기 시작했다. 본심을 알 수 없는 변덕스러운 사람의 마음처럼 도통 안심할 수 없는 날씨였다. 하지만 우리는 아침부터 융캉제를 보러 왔고 비가 온다고 해서 그림 그리는 것을 포기하기엔 아쉬웠다. 융캉제 거리가 보이는 카페를 찾아 그곳에서 그림을 그리기로 했다.

우산을 쓰고 비 오는 거리를 걸었다. 그렇게 걷다가 주택가처럼 보이는 조용한 골목길에서 꽤 넓은 야외 테라스가 있는 카페를 발견했다. 카페 외부에 테라스식으로 자리가 있어서 그곳에 앉으면 융캉제 골목을 조금이나마 볼 수 있었다.

'Daylight Brunch cafe'라는 이름의 카페. 넓은 테라스만 봐도 꽤 넓어 보였던 카페는 내부로 들어가니 예상대로 넓고 큰 규모였다. 메뉴는 음료 외에 브런치 같은 간단한 요리들도 같이 있어서 식사도 하고 커피 한잔하면서 여유롭게 보내기에 좋아 보였다. 야외 테라스 쪽 테이블에 자리를 잡고 음료를 주문했다.

메뉴판에는 영어와 한국어로 된 메뉴 설명이 있어서 메뉴를 선택하기가 수월했다. 아인슈페너와 비슷해 보이는 커피 플로트가 보여서 주문했다. 큼지막한 유리잔에 생크림 거품이 가득하게 올려진 커피 플로트는 절대 실패할 수 없는 아이템. 역시 맛있었다.

맛있는 커피 플로트를 마시면서 카페 밖으로 보이는 거리 풍경을 스케치하기 시작했다. 그리면서 관찰한 건물은 올리브그린 색의 벽돌을 메인으로 구성하고 번트시에나로 입구 부분에 포인트를 주었다. 건물 담벼락에는 오토바이 두 대가 나란히 다정하게 주차되어 있다. 옆 건물 1층은 상점으로 운영 중인데 차분한 베이지 톤의 벽돌 건물이었다. 그 건물 바로 옆으로는 연한 핑크색의 세로로 길쭉한 귀여운 건물이 보였다. 앞에 세워진 바구니가 달린 자전거와도 잘 어울리는 분홍의 예쁜 건물이었다

빗방울 떨어지는 소리가 들리는 야외 테이블에 앉아서 그림을 그리기 시작했다. 비 내리는 날을 좋아하지 않는다. 하지만 비가 내리는 날 카페 테라스에서 빗소리를 들으면서 그림을 그리는 건 참 좋았다.

색색의 우산을 쓴 사람들이 드문드문 카페 앞을 지나치거나 카페로 들어왔다.

오고 가는 소소한 대화를 BGM 삼아 맛있는 커피 플로트를 마시며 그림을 그렸다. 그렇게 비 오는 날 융캉제 골목에 있는 카페에서 그곳의 풍경을 그림으로 남겼다.

지금 이 순간 나의 마음이 하고 싶은 방향대로 여행을 하고 있다. 그림을 잘 그렸고 못 그렸고를 떠나서 그것만으로 충분히 좋았다.

마음까지 따뜻해지도록

디저트 가게 '빙두'

따뜻한 친절, 맛있는 디저트

타이베이 여행의 마지막 날. 오전부터 열심히 관광을 하는 덕분에 점심을 제때에 하지 못했다. 그래도 타이베이에서의 마지막 식사라 놓치기 아쉬웠다. 결국 공항으로 가기 전에 짐을 찾으러 들른 숙소 근처에서 간단하게 식사를 하기로 했다. 배는 고팠지만 곧 비행기를 타고 갈 거라 배부르게 먹고 싶지 않았다. 허기는 채우고 싶은데 배부르게 먹는 건 싫고. 한국이었다면 이런 애매한 상황에서 최고의 선택은 떡볶이나 김밥이지만 여기는 타이베이. 어떤 음식을 먹어야 잘 먹었다고 할 수 있을까 고민하며 역 주변을 둘러보기 시작했다.

작고 아담한 건물에 '빙두'라고 쓰인 귀여운 간판이 달린 가게가 눈에 들어왔다. 평소에 두유나 두부 같은 콩 관련 음식을 좋아한다. 게다가 대만 사람들이 아침 식사로 즐겨 먹는 또우장과 비슷해 보이니 호기심이 들었다.

메뉴는 따뜻한 두유와 빙수같이 보이는 두유 중 하나를 고른 다음에 다양한 토핑을 고르는 방식이었다. 토핑을 직접 골라야 하는데 영어로 된 메뉴판은 없고 중국어로 된 메뉴판만 있었다. 메뉴판을 대충 눈으로 보고 토핑 메뉴를 골라야 했다. 이름을 몰라도 눈으로 보면 바로 알 수 있는 토핑이 대부분이라 토핑을 고르는 것은 어렵지 않았다. 딱 하나 육안으로 봐서는 어떤 건지 구분하기가 어려운 토핑이 하나 있었다. 어떤 토핑인지 몰라 그 토핑을 추가할까 말까 고민하고 있었다. 내 모습을 지켜보고 있던 어떤 친절한 손님이 그 토핑을 영어로 번역해서 휴대폰으로 직접 보여 주었다. 그 토핑은 바로 토란이 었다.

친절한 손님 덕분에 토란을 마지막 토핑으로 선택했다. 따뜻한 두유 베이스에 고구마, 콩, 팥 등 내가 좋아하는 토핑으로 메뉴를 구성했다. 결과는 예상했던 대로 대만족. 맛 있었다.

오랜만에 메인 요리 대신 식사로 선택한 디저트였다. 타이베이에서의 마지막 일정은 친절한 타이베이 사람들과 맛있는 디저트 덕분에 따뜻하게 기억되었다.

작지만 소중해

민취안 호스텔 휴게실

@ Inn Cube-Minquen

가장 소중한 시간

　하루 여정이 끝나면 자연스럽게 숙소 근처 편의점으로 발걸음이 향했다. 편의점에서 각자 먹고 마실 음료나 맥주, 과자를 사서 숙소 휴게실에 자리를 잡았다. 민취안 인큐브 호스텔의 방은 작고 협소해서 잠을 잘 때를 빼고는 그곳에 오래 머물기가 쉽지 않았다. 평소에 폐소 공포증이 없는 사람도 수면 상태 외에 그곳에 오래 있으면 폐소 공포증이 생길지도 모른다.

　하지만 숙소에는 그 단점을 상쇄할 수 있는 장소가 있다. 그건 바로 공용 샤워실을 지나가면 바로 나오는 숙소 휴게실. 숙소 휴게실 한가운데에는 넓고 긴 테이블도 있다. 그곳에서 사람들은 음료나 음식을 먹거나 간단하게 짐을 정리하기도 하고 노트북으로 작업도 했다.

　우리도 아침에 일정을 나서기 전이나 여정이 끝나고 숙소로 돌아오면 자연스럽게 휴게실로 모였다.

좁은 숙소를 생각하면 숙소 휴게실은 그 존재만으로
도 소중하고 고마웠다.

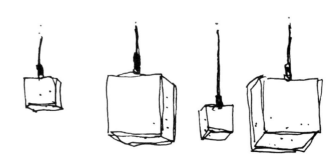

숙소 휴게실에 모여서 편의점에서 사 온 음료나 맥주
를 홀짝이며 각자의 스케치북을 함께 돌려보는 게 하루
의 마무리가 됐다. 맥주 한 잔을 홀짝이며 그림 속 풍경을
안주 삼아 이런저런 이야기와 여행의 순간을 같이 나누
는 시간. 평소에는 하기 어려웠던 그림에 대한 솔직한 마음이나 그림의 장단점에 관해서
도 이야기할 수 있었다. 바로 눈앞에서 그림 시연이 열리거나 짧은 미니 강연 시간도 생
겼다. 함께 드로잉 여행을 하는 것만으로도 좋았는데 생각지도 못했던 소중한 시간을
얻게 됐다.

'야호! 타이베이 여행 오길 정말 잘했다'를 속으로 몇 번이나 외쳤는지 모른다. 많은 기
대를 하고 온 여행이 아니었기에 그 기쁨은 더 컸다.
　이런 시간들 덕분에 숙소에 대한 단점은 점점 기억에서 사라지고 익숙한 공간이 됐다.

짧은 비행이었지만 여독으로 피곤했던 첫날만 제외하고 매일 밤 숙소 휴게실에 모여
들었다. 각자 그린 스케치북을 보고 그림에 대한 토론과 이야기를 하며 하루를 마무리
하기. 이 시간들은 하루 일정 중
에서 제일 소중한 시간이 되었다.

사람과 삶이 보이는 타이베이의 시장

로컬처럼 먹고 마시자

닝샤 야시장

작은 축제

　타이베이 101을 나와 늦은 저녁을 먹을 겸 중산역 근처에 있는 닝샤 야시장으로 이동했다. 타이베이의 야시장은 맛있는 게 많다고 소문난 곳. 여행 가기 전부터 쑥쑥 잘 키워 왔던 야시장에 대한 나의 부푼 기대. 드디어 SNS에서만 봐왔던 타이베이 야시장을 온몸으로 경험할 시간이다.

　타이베이에서 만난 첫 야시장은 닝샤 야시장. 닝샤 야시장은 다른 야시장에 비해 규모는 작지만 웬만한 건 다 있는 알찬 야시장. 그래서인지 여행객들뿐만 아니라 현지인들도 많이 가는 곳이다. 위치도 도심 한가운데 있어서 찾아가기에도 편리하다. 그리고 숙소가 있는 중산역과도 멀지 않다. 게다가 닝샤 야시장에 있는 가게들은 먹거리를 위주로 하는 곳이 대부분이다. 여행 하루 일정의 마지막 장소로 최적이다.

감자구이

　닝샤 야시장에는 지파이, 각종 꼬치구이, 면 요리, 큐브 스테이크, 해산물 요리, 찹쌀경단, 치즈 감자, 그리고 유명한 대만 소시지까지! 처음 보는 신기하고 재밌는 음식부터 익숙한 음식까지 다양한 음식들을 파는 노점상들이 좁은 골목길 사이로 끝없이 줄지어 있었다. 야시장은 그야말로 맛있는 것들로 가득한 종합선물세트. 그곳에 모인 사람들의 즐거움과 흥으로 가득 차, 마치 작은 축제에 온 것 같은 기분이 들었다. 야시장은 한국에서 흔히 볼 수 있는 게 아니라서 그런지 보는 것만으로 즐겁고 재미있었다. 여행은 일상에서는 경험할 수 없는 영화나 TV, SNS에서만 봐왔던 것들을 직접 경험해 보는 시간이다. 여행은 그것만으로도 나를 신나게 만든다.

닝샤 야시장에서 타이베이의 첫 식사를

닝샤 야시장

영화 속 한 장면처럼

　닝샤 야시장을 이리저리 구경하다 보니 본격적으로 배가 고팠다. 주전부리로 허기를 달랬더니 어느덧 저녁 먹을 시간이 훨씬 지났다. 그렇다고 이대로 숙소로 돌아가 잠을 청할 수는 없다. 분명 허기진 배를 쓸며 잠들지 못한 채 새벽녘에 편의점 주변을 서성이겠지. 우리는 늦은 저녁을 먹을 만한 식당을 찾아보기로 했다.

　야시장 안 가게들은 규모가 작아서 좌석이 있는 가게보다 좌석 없이 길거리에 서서 먹어야 하는 노점상이 대부분이다. 하루 종일 돌아다닌 탓에 허기지고 피곤했던 우리는 길거리에 서서 저녁을 먹을 만한 마음의 여유도 체력도 없었다. 겨우 7명이 앉을 수 있는 가게를 발견했다. 가게 안쪽 좌석은 만석이라 가게 밖에 야외 좌석이 있는 식당에 자리를 잡았다. 식당은 면 요리와 만두 같은 일반적인 식사를 파는 곳이었다. 유명한 맛집이 아니었기에 무난해 보이는 미엔 시엔(면서)이라는 가는 국수같이 생긴 면을 주문했다.

잘 모르는 곳에 가면 무난하게 보이는 메뉴를 시키는 게 최선이다. 배가 고팠던지라 국수는 술술 잘 넘어갔다. 따뜻한 국수가 들어가니 하루 종일 팽팽한 긴장으로 지쳤던 몸도 마음도 노곤해졌다. 배가 차니 그전까지 팽팽했던 마음에도 여유가 생겼다.

식당 야외 테이블에 있는 좁은 의자에 앉아 있지만 지금 이곳은 타이베이의 야시장. 영화 속에서나 봤던 것과 100% 일치하는 풍경 속에 내가 들어온 것이다. 자연스럽게 여행이라는 특수 필터가 씌며 오래된 타이베이 영화 속에 등장하는 인물이라도 된 기분이 들었다. 그렇게 든든해진 배 덕분에 타이베이 야시장의 감성에 혼자 빠져들었다.

시계는 어느새 9시가 훌쩍 넘었다. 내일 일정을 준비할 사람은 차를 타고 돌아가고 여력이 남은 사람들은 소화도 시킬 겸 숙소까지 걸어가기로 했다. 나는 여행지에서의 일분일초가 아쉬웠다. 타이베이의 밤길을 걸으며 숙소까지 천천히 걷기 시작했다.

1일 1 야시장

스린 야시장

시장 구경, 사람 구경

　여행을 가면 낮에는 열심히 관광하고 해가 지면 숙소에 들어가서 하루를 정리하거나 조용히 쉬는 편이다. 혼자 여행이었다면, 타이베이가 아니었다면, 평소 여행 일정대로 대중교통을 타고 숙소에 도착해서 샤워를 하고 조용히 쉬면서 하루를 정리했겠지. 하지만 이번 여행은 혼자도 아니고 이곳은 타이베이.

　해는 지고 저녁이 훌쩍 지난 시간이었지만 숙소로 돌아가 잠이 들기에는 아쉬웠다. 게다가 숙소는 캡슐 호텔이라 편안히 쉬기는커녕 잠만 겨우 잘 수 있는 곳이다. 그리고 타이베이는 야시장으로 유명하다. 잠이 들 때까지 숙소에서 가만히 있기 아쉬웠던 우리는 숙소에서 멀지 않은 스린 야시장에 가보기로 했다.

스린 야시장은 타이베이의 대표적인 야시장이자 타이베이에서 규모가 가장 큰 야시장이다. 시장은 여행을 가면 빼놓지 않고 방문하는 좋아하는 장소 중 하나이다. 그리고 타이베이는 여행 중에 밤마다 야시장을 갈 수 있는 나라 중 하나이다.

잔뜩 기대를 품고 스린 야시장이 있는 지안탄역에 도착했다. 스린 야시장은 닝샤 야시장보다 더 규모가 크다. 그래서 그런지 밤이 늦었음에도 지안탄역에 도착하자마자 많은 사람으로 붐볐다.

먹거리 위주의 닝샤 야시장과 달리 스린 야시장은 먹거리부터 시작해서 의류, 액세서리, 잡화 등 다양한 상품들을 파는 가게들이 모여있다. 시장에는 다트로 풍선을 터뜨리면 경품을 주는 길거리 게임방도 있어서 눈길이 갔다.

야시장을 구경하다가 맛있는 냄새에 저절로 발걸음이 멈춰졌다. 대만 소시지를 파는 가게였다.
저녁을 배불리 먹은 상태였지만 소시지 냄새에 마음이 설레었다. 일행 중 한 명이 소

135

시지를 사서 맛보라고 하나씩 나눠주었다. 탱글탱글하게 잘 구워진 소시지를 보자마자 입안 가득 군침이 고였다. 한입 베어 무니 고소한 육즙이 입안에서 퐁퐁 터졌다. 역시 타이베이의 소시지는 나를 실망시키지 않는다. 타이베이 소시지는 매일 먹으라고 해도 먹을 수 있을 것 같다.

소시지를 먹고 흥이 난 기분 좋은 상태에서 본격적으로 야시장을 돌아봤다. 스린 야시장은 좁은 골목을 중심으로 가게들이 모여있었다.

많은 인파 덕분에 내 발로 걸어 다니는 것보다 사람들에 떠밀려 인파 사이를 둥둥 떠다니는 느낌이 들었다. 처음에는 같이 다녔던 일행들도 사람들에 밀려 자연스럽게 떨어지게 됐다. 덕분에 그곳에 오래 있었던 것도 아닌데 지친 느낌이 들었다.

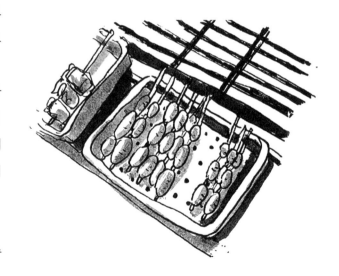

야시장 구경을 끝내고 스린 야시장에서 간단하게 맥주

한 잔을 하며 하루를 마무리하고 싶었다. 하지만 야시장에는 앉아서 여유 있게 먹을 수 있는 가게를 찾기 쉽지 않았다. 체력이 빵빵했다면 양손 가득 간식을 들고 열심히 야시장을 구경하고 싶었지만 체력이 생각만큼 따라주지 않았다.

아쉽지만 야시장에서의 맥주는 포기하고 야시장 끝부분에 있는 편의점에서 간단하게 음료수를 사서 목을 축였다.

시장 구경보다는 사람 구경에 가까웠던 스린 야시장.

스린 야시장은 체력이 안 따라줘서 제대로 구경을 못 했기에 기대했던 것보다는 살짝 아쉬움이 남았다. 그래도 야시장 구경을 했다는 사실만으로도 기분 좋았다.

선물 같은 아침 시장

솽롄 아침 시장

현지인들의 삶의 현장

아침 식사로 뜨끈한 국수로 배를 든든히 채우고 비가 내리는 거리를 걸었다. 조금 걸으니 넓은 공원 같은 곳이 나왔다. 길을 따라 넓게 쭉 뻗은 공원을 기준으로 한쪽에는 시장이 열렸다. 시장이라는 걸 알리기 위해서일까. 시장 주변으로 서 있는 전봇대를 따라서 붉은 홍등이 한 줄로 길게 나란히 달려 있었다.

숙소에서 이렇게 가까운 곳에 시장이 있다니! 기대하지 않았던 시장의 등장에 아침부터 비가 오는데도 기분이 설렜다.

지도에서 검색해 보니 쌍롄 아침 시장이다. 쌍롄역 2번 출구 근처에 있는 시장으로 현지인에게 꽤 유명한 재래시장이라고 한다.

타이베이에서 야시장만 가봤는데 아침 시장이라니! 원래 시장은 아침에 가는 거지만 타이베이는 야시장이 유명하니 왠지 아침 시장이 신기하게 느껴졌다.

아침에 만난 시장은 화려하고 시끌벅적했던 야시장과 다르게 생기 있고 분주한 모습이었다. 비가 추적추적 내리고 있지만 시장에는 꽤 많은 사람들이 있었다. 아침부터 장을 보러 나온 사람, 간단하게 먹을거리를 사러 온 사람, 딱히 살 건 없지만 그냥 나온 사람들까지. 분위기를 보니 시장에는 여행객보다는 현지인들이 대부분이었다.

신난다. 이게 바로 찐 삶의 현장을 경험하는 거지.
여행지에서 여행객보다 현지인들이 가는 장소를 발견하는 걸 좋아한다. 여행 중에 만나는 이런 소소한 장소는 마치 기대하지 않았는데 우연히 득템한 선물 같다.

시장에는 평소에 보기 힘든 다양한 열대과일, 생선, 고기, 가공육, 꽃, 잡화, 음료, 의류 등등 다양한 물건들을 팔고 있었다. 게다가 지나가던 발걸음도 멈추게 만드는 맛난 주전부리들. 맛있어 보이는 주전부리들은 복병처럼 시장 곳곳에 포진해 있었다.

비가 와서 우산까지 쓴지라 좁은 시장 골목길을 걷는 발걸음은 조심스러웠다. 하지만 뜻밖의 장소에서 시장을 만난 내 마음은 끊임없이 '신난다'를 외치고 있었다.

탐험의 묘미가 있는 타이베이의 거리

밤의 골목길 탐험

타이베이 골목 어딘가

여행의 힘

　걷는 걸 좋아한다. 여행 중에 걷는 것을 특히 좋아한다. 하지만 해가 진 후에 어두워지면 여행 중이라도 잘 걷지 않는다. 게다가 저녁이 되면 관광지의 유명한 곳은 대부분 문을 닫는다. 여행 중에 해가 지면 자연스럽게 숙소로 귀환했다.

　타이베이는 야시장이 유명하다. 낮에 일정을 끝내고 야시장에서 시간을 보낼 수 있어서 하루 24시간이 부족한 여행자에게 천국 같은 곳이다.

　닝샤 야시장 주변은 밤늦게까지 많은 사람으로 북적이는 번화가. 타이베이에 여행 온 사람들이 모두 이곳에 와 있는 것 같다.

하지만 야시장 근처를 제외하곤 대부분의 가게가 문을 닫았다. 우리들은 도로 옆의 큰길로 걷다가 좁은 골목길 쪽으로 방향을 틀어서 걷기 시작했다. 골목길에는 사람들의 흔적이라곤 하나도 찾아볼 수 없이 적막했다.

혼자 여행이었다면 타이베이가 안전한 곳이라 해도 늦은 시간에 숙소 밖에 있다면 무서웠을 것이다. 다행히 혼자가 아니라서 타이베이의 밤길을 걸을 수 있었다. 골목 탐험대라도 된 듯 미로처럼 연결된 좁은 골목길 사이사이를 걸었다. 아무도 없는 조용한 골목길을 걸으니 무언가에 홀린 듯한 기분도 들고 흡사 영화 속에 나오는 오래된 대만 거리를 걷는 기분도 들었다. 가끔 닫힌 창문 사이로 언뜻 보이는 불빛들과 불빛 사이로 희미하게 들리는 사람들의 인기척이 들렸다. 그때마다 내 시선과 신경이 그곳으로 집중됐다.

걷다 보니 낮에 잠깐 들렀던 까르푸 근처다. 일행 중 몇은 여행 중에 필요한 물건을 사러 까르푸로 들어갔다. 나와 다른 일행은 짧은 틈을 놓칠세라 야밤에 어반스케치를 하기 시작했다.

누가 먼저랄 것도 없이 자연스럽게 스케치북을 꺼내서 그림을 그렸다. 20~30분 정도의 짧은 시간이라 간단하게 펜으로 스케치를 끝냈다. 여행 중이라 그런지 평소에는 하지 않을 야밤 어반스케치까지 했다.

이것이 여행의 힘인가! 까르푸 주변은 낮에 왔던 곳이라 그런지 밤이었지만 풍경이 눈에 익었다. 그래선지 마음이 놓였다. 짧은 야밤 까르푸 쇼핑과 어반스케치가 끝났다.

다시 가던 길을 걸었다.
그렇게 밤의 골목길을 탐험하며 숙소에 도착했다.

생각보다 많이 걸었고 이런 날은 의심할 여지 없이 꿀잠을 잘 수 있다. 여행을 가면 평소보다 많이 걸어서 좋다. 그리고 그 덕분에 잠이 잘 와서 좋다. 짐은 내일 아침에 풀기로 하고 따뜻한 물로 가볍게 샤워를 하고 잠이 들었다.

타이베이 여행 첫날이 그렇게 지나갔다.

여행을 일상처럼 만드는 법

민취안역 푸순지구

다정한 아침 골목길

　낯선 여행지를 한 번에 일상으로 만드는 나만의 비법이 하나 있다. 그것은 바로 아침 산책. 아침 산책은 이제 막 여행지에 도착한 여행자나 짧은 일정을 부지런히 소화해야 하는 여행자에게는 어울리지 않는다. 아침 산책은 여행자를 단숨에 로컬로 업그레이드해주는 치트키 기능이 있다. 여행을 가면 피곤해도 아침에 일어나서 숙소 주변을 산책하는 걸 좋아한다. 현지인들도 바쁜 아침 시간은 어제의 어수선하고 붐비던 그 거리와 완전히 다른 장소가 된다. 차분하고 고요한 아침에 하는 산책은 아직 공개되지 않은 미공개 디렉터스 컷을 미리 보는 듯한 기쁨을 준다.

　숙소 주변은 역세권이지만 번화가처럼 화려하고 북적이는 곳은 아니다. 덕분에 타이베이의 평범한 일상을 지켜보기에 딱이었다. 이른 아침부터 문을 연 가게들이 있나, 잔뜩 기대를 안고 골목을 기웃대며 타이베이 사람들의 아침 풍경을 찾아 나섰다.

　큰길을 중심으로 가지치기를 하듯 뻗어 있는 작은 골목길을 발견하는 마음으로 길을 나섰다. 거미줄처럼 줄줄이 엮이고 설킨 골목길은 끝없이 이어졌다.

　아직은 아침이라 그런지 문이 닫힌 가게들이 대부분이었다. 그래도 닫힌 가게 앞이나 가정집 앞을 지나가다 보면 동네 분위기를 온전히 느낄 수 있다. 다닥다닥 붙어 있는 집들 앞에는 크고 작은 다양한 화분들이 놓여 있었다. 사이좋게 옹기종기 놓인 귀여운 화분들.

　아침부터 문을 연 세탁소도 있었다. 세탁소 차양 아래로 세탁된 옷들이 가지런히 걸려있었다. 잘 세탁된 바지, 셔츠, 외투가 나란히 열을 지어 걸려있다. 오랜만에 보는 참으로 다정한 풍경. 반대편 건물과 건물 사이에는 잘 자란 나무가 훌쩍 큰 키를 뽐내듯 건물 틈새에서 얼굴을 들이민다. 골목은 사라지고 큰 길이 즐비한 대도시에서는 찾아볼 수 없는 그런 여유롭고 포근한 풍경들이 이어졌다.

　그렇게 다정한 아침 골목길 탐험이 이어졌다.

민취안역 아침 풍경

민취안역

타이베이 오토바이 부대

언뜻 보기에 타이베이의 첫인상은 한국과 비슷해 보였지만 달랐다. 특히 타이베이의 도로가 한국의 도로와 다른 점은 도로 위를 가득 채운 오토바이 부대들이 있다는 것.

대만은 오토바이가 자동차의 역할을 대신하고 있다. 그러니 오토바이가 많을 수밖에 없다. 대만도 우리나라와 비슷하게 좁은 국토에 많은 인구가 수도인 타이베이에 밀집되어 있다. 그 탓에 교통체증이 심각해서 오토바이를 국가에서 적극적으로 지원하고 있다고 한다.

도로와 거리에 오토바이가 많은 점은 이웃 동

160

남아 국가인 베트남과 비슷해 보인다. 하지만 베트남과도 다르다. 베트남의 도로와 거리는 수많은 오토바이의 행렬로 무질서하고 복잡하다 못해 때론 위험해 보이기까지 했다. 반면에 타이베이의 오토바이 부대는 그에 비해 정리가 잘 되어 있고 덜 혼잡해 보였다.

민취안역 근처의 기다란 육교를 건너다가 육교 아래로 지나가는 자동차와 오토바이 행렬들을 보기 위해 잠시 발걸음을 멈췄다. 신호를 기다리느라 멈춰 있던 오토바이 부대가 신호등의 신호가 바뀌자마자 엄청난 행렬을 만들며 출발했다. 마치 그 모습은 장엄하기까지 했다. 평범한 풍경들도 여행 중에 만나면 낯설고 멋지게 보이는 마법이 벌어진다. 그렇게 타이베이 오토바이 부대의 인상적인 행렬로 여행 둘째 날이 시작됐다.

타이베이의 힙지로

디화제 거리

설렘의 거리

"타이베이에서 가장 가고 싶었던 곳이 어디예요?"

이런 질문을 받는다면 크게 고민할 필요 없이 내 대답은 '디화제'다.

타이베이 여행을 가기 전 검색했던 타이베이의 수많은 명소들. 그중에서 내가 상상했던 타이베이의 이미지에 100% 가까운 장소가 디화제다. 과거의 타이베이의 옛 모습을 그대로 옮겨 놓은 것 같은 디화제 사진을 처음 봤을 때 멋진 풍경에 한동안 눈을 뗄 수가 없었다. 그래서 구글 지도 속 가고 싶은 장소에 디화제를 큼지막하게 표시해 두었다.

디화제는 대만에서 제일 큰 규모와 오랜 역사를 지닌 전통 재래시장이다. 18~19세기에 만들어진 100년도 더 된 한약방, 가구점 등 오래된 옛 건물이 그대로 남아있다. 동서양의 다양한 건축 양식의 건물들이 각각의 개성을 뽐내면서도 잘 어우러져 이국적인 풍경을 볼 수 있다.

그림에서나 나올 것 같은 아기자기하고 앤티크 한 건물들이 열을 지어서 나란히 서 있는 풍경은 사진으로만 봐도 너무 매력적이었다.

디화제는 시먼딩이나 융캉제만큼 유명한 곳은 아니지만 직접 방문해 보면 다른 명소들보다 기억에 오래 남는다. 오래된 풍경이 주는 고풍스러움과 특별함은 현대적이고 세련된 고층 빌딩 숲이 주는 풍경과 또 다른 대체 불가한 매력이 있다.

머릿속으로 상상만 해왔던 디화제에 도착했다. 이날은 여행 일정 중 제일 날씨가 좋았다. 점심도 먹어서 몸도 마음도 든든했다. 모든 것이 완벽한 상황에서 디화제 거리 속으로 찬찬히 들어갔다.

햇살 필터를 덧씌운 오래된 건물들은 실제보다 빛나 보였고 알록달록한 간판들 덕분에 거리는 화사했다. 그 덕분인지 여행객처럼 보이는 사람들의 설렘이 거리에 가득 차 있었다.

붉은 벽돌을 쌓아 올려서 만든 건물들은 그 시간의 무게만큼 묵직하고 깊이 있어 보였다. 건물에 어울리게 벽돌로 만들어진 가로등도 조화로웠다.

계획적으로 만든 장소가 아닌데도 다양한 건축 요소들이 그 안에서 자연스럽게 어우러져 있었다.

디화제에 있는 하해 성황묘 근처에 7명의 여행 멤버들이 모두 모였다. 드로잉 여행으로 왔으니 함께 디화제 풍경을 어반스케치로 그리기로 했다. 각자 마음에 드는 장소에서 자유롭게 그림을 그리고 난 후에 하해 성황묘 근처에서 다시 모이기로 했다.

어반스케치로 그림을 그릴 때는 그리기 쉬운 장소를 고르는 게 맘이 편하다. 가볍게 둘러봤던 디화제 거리를 찬찬히 돌아보기 시작했다. 그림을 그릴 시간이 넉넉하지 않아서 복잡한 건물이 있는 곳은 일찌감치 마음을 접고 그늘이 있고 앉을 수 있는 벤치가 있는 곳을 찜했다.

벤치에 자리를 잡고 앉아서 눈앞에 보이는 주변 풍경을 그리기 시작했다. 동서양의 여러 양식들이 혼재된 고풍스럽고 멋진 장소에 활기찬 분위기의 사람들이 눈에 들어왔다. 그림만 아니라면 여기 이렇게 앉아서 지나가는 사람들을 보고만 있어도 좋을 것 같았다. 귀에는 내가 좋아하는 음악이 들리면 더 좋고. 그런 상상을 하면서 펜으로 풍경을 그리기 시작했다.

그늘에 앉아서 그림을 그리는 동안 많은 사람들이 오며 가며 지나갔다. 그렇게 그리다 보니 모이기로 한 시간이 다 되었다. 채색까지 하기에 시간이 부족해서 펜 드로잉만으로 그림을 마무리했다,

모이기로 한 장소로 가니 각자 다른 장소에서 그림을 그려서 그런지 다양한 풍경의 그림들이 모였다. 그림이 다 모이자 스케치북을 한데 모아놓고 인증샷을 찍었다.

여행을 가서 여행지에서 사진만 찍을 때보다 그 장소를 그림으로 그리면 더 기억에 오래 남는다.

타이베이에서 가보고 싶었던 장소에 갔다. 그리고 그곳의 풍경을 그림으로 그렸다. 그 덕분에 그 장소에 대한 기억이 더 또렷하게 오래 남았다.

영화 같은 고풍스런 건물들

보피랴오 역사 거리

10% 부족하지만

　'보피랴오 역사 거리'는 '보피랴오'라는 단어가 낯설고 발음하기 어려워서 매번 지명이 기억나지 않았다. 여행을 다녀오고 나서도 그 이름이 입에 붙지 않아서 몇 번이나 그곳의 지명을 찾아야 했다. 게다가 역사 거리라니, 역사라는 단어 때문인지 고리타분한 장소가 아닐까 하는 생각이 들었다.

　보피랴오 역사 거리는 19세기 후반 청나라 시대의 붉은 벽돌로 지은 건물과 아치형 아케이드로 조성된 일종의 테마거리다. 근래에 리노베이션을 진행하여 과거의 번화했던 거리를 복원한 곳으로 무료 실내 전시실과 박물관, 이색 벽화 등을 볼 수 있다고 한다. 예쁘게 꾸민 거리는 사진 찍기에 좋아서 많은 사람들이 이곳에 와서 감성 사진을 남기는 유명한 포토존이 됐다.

보피랴오 역사 거리는 좁은 골목길을 중심에 두고 고풍스러운 건물이 마치 길을 호위하듯 좌우로 당당하게 서 있는 게 인상적이었다.

보피랴오 거리를 빠져나와서 길의 끝자락에 서서 보피랴오 역사 거리의 시작 부분을 멀찌감치 바라봤다. 많은 사람들로 붐비고 있는 거리. 여행 전에 상상했던 자연스러운 대만의 거리의 이미지와 달리 잘 꾸며진 영화 세트장 같았다. 드로잉 여행이 아닌 여행으로 왔다면 이곳에서 여행 사진만 수십 장 찍었겠지.

보피랴오 거리에서 인상적이었던 건 건물 내부에 그림이나 사진을 전시하는 갤러리가 있다는 점이다. 기대가 컸는지 10% 아쉬움이 남았던 보피랴오 역사 거리는 짧게 방문하고 다음 행선지로 향했다.

우연히 걷다 만나는 나만의 장소

융캉제

타이베이에서 제일 좋아하는 장소

   타이베이 하면 떠오르는 이미지가 있다. 오래된 건물 사이사이 좁은 골목길, 그 길을 자전거를 타고 등교하는 교복 입은 학생들, 지도도 없이 길을 걷다가 우연히 발견한 아기자기한 소품이 가득한 예쁜 카페. 타이베이를 직접 가보기 전이라 그 이미지의 대부분은 대만 드라마나 영화 속 장면에서 따온 것이다. 왠지 타이베이에 가면 이런 장면을 만날 수 있을 것 같았다.

   이런 타이베이의 이미지에 100% 맞아떨어지는 장소가 있다면? 고민할 것 없이 바로 타이베이의 융캉제가 생각난다. 융캉제는 한국으로 치면 서울 홍대 주변 연남동과 비슷한 곳이다. 그래서일까 융캉제가 있는 동먼역은 5박 6일간의 여행 중 3번이나 방문했다. 여행 일정에 비례해 방문 빈도를 보면 타이베이의 베스트 스폿이라고 할 수 있다. 처음 융캉제를 방문한 건 동먼역 근처에서 일정을 마치고 저녁 식사를 하기 위해서였다.

늦은 저녁에 방문해서 이미 해가 진 후라 가게도, 거리 풍경도 제대로 구경하지 못했다.

두 번째 방문은 비가 오는 월요일 아침. 월요일 오전 시간인 데다 비가 와서 그런지 연말인데도 거리는 한산하고 조용했다. 다행히 비가 소소하게 내려서 융캉제의 골목을 우산을 쓰고 걸었다. 융캉제 골목은 아기자기하고 독특한 가게와 유명한 가게들도 꽤 있어서 걸으면서 풍경을 보는 재미가 쏠쏠했다.

융캉제 골목 초입 부분에 우산을 파는 작은 가게가 하나 있다. 딱 봐도 한눈에 들어오는 가게라 여행자의 궁금증을 불러일으켰다. 가게 이름도 'Beautiful Sun', 아름다운 태양이라니. 비 오는 날과 어울리는 듯 어울리지 않는 재미있는 이름이다. 이미 우산이 손에 쥐어져 있지만 자연스럽게 가게 안으로 들어갔다. 다양한 색상과 예쁜 패턴의 다양한 우산들이 작은 가게 안에 가득했다. 비 오는 날은 싫지만 예쁜 우산과 함께라면 우산의 버프를 받아서 비 오는 날도 기분이 좋아질 것 같다.

조금 더 걸어가면 융캉제 거리가 내려다보이는 커다란 통창을 가진 단테 커피가 눈에 들어온다. 청록색으로 된 단테 커피의 간판은 그냥 지나치기 힘들다. 융캉제 골목의 랜드마크 같은 느낌.

단테 커피라… 이 카페를 만든 사람은 단테를 꽤나 좋아하나 보다 하고 혼자 상상의 나래도 펴보고. 비 오는 거리가 내려다보이는 창가 쪽 테이블에 자리를 잡고 커피 한잔 하면 좋겠다는 생각도 들었다.

여행 후에 알게 된 건데 단테 커피는 타이완에서 유명한 커피 프랜차이즈였다. 프랜차이즈가 아닌 로컬 카페인 줄 알았는데 브런치로 유명한 카페였다. 다음에 여행 가면 단테 커피에서 브런치를 먹어봐야지. 나만의 위시리스트가 하나 더 늘었다.

이렇게 나만의 위시리스트가 하나씩 생길 때마다 여행의 소소한 기쁨도 한 겹 한 겹 내 맘속에 쌓였다.

그렇게 걷다 보면 길게 줄을 선 노포가 눈에 들어 온다. 대만의 국민 간식으로 우리나라의 빈대떡과 비슷한 총좌빙을 파는 곳이다.

그 외에 에도 길을 걷다 보면 두유 아이스크림으로 유명한 쏘이 프레소, 망고빙수로 유명한 스무시 하우스, 대만의 유명한 레스토랑 까오지, 샤오롱 바오 맛집 딘타이펑, 누가 크래커로 유명한 썬메리, 미미 크래커, 세인트 피터 등등, 유명한 가게들을 만날 수 있다.

융캉제에는 이름만 대면 알 수 있는 유명한 맛집이 골목골목에 보너스 포인트처럼 배치되어 있다. 그래서 융캉제 거리를 걷다가 우연히 가고 싶었던 가게를 발견했을 때는 정말 기뻤다. 지도앱을 켜고 가게를 일일이 찾아다니지 않아도 걷다 보면 멋진 장소를 만날 수 있었다.

그래서일까 융캉제에 가면 매번 새로운 골목에서 새로운 장소를 만났다. 상업적인 느낌 폴폴 나는 여행지보다 로컬 느낌이 나는 곳을 선호한다면 타이베이에서 융캉제를 방문해 보자. 우연히 거리를 걷다가 맘에 드는 나만의 장소를 발견할 수 있다.

그래서인지 타이베이 여행 후에 그린 그림들 중에 융캉제에 있는 건물들이 많다. 여행지에서 좋아하는 장소를 그림으로라도 많이 그려서 오래오래 기억하고 싶었다.

골목이 있어 풍요로운 풍경

타이베이의 거리

골목길을 좋아하는 사람

　타이베이는 대중교통이 잘 발달해서 도보로 여행하기 편한 도시 중 하나다. 대중교통을 이용하면 웬만한 관광지는 편하게 이동할 수 있다. 하지만 타이베이를 조금 더 가까이에서 보고 싶다면 대중교통보다 걷는 게 좋다. 그것도 지름길을 찾기보다 구불구불 복잡하게 이어진 골목길을 걷는 게 더 좋다.

　숙소를 나와 좁은 골목길을 걷다 보면 자전거를 타고 가는 사람이나 걸어가는 행인들이 하나둘씩 나타났다. 최근에 선거가 있었는지 골목길에 정치인으로 보이는 사람들의 플래카드도 심심치 않게 등장했다.

　날씨가 좋은 날에는 아케이드 지붕 아래로 빨래를 널어 둔 정겨운 풍경도 볼 수 있었다.

어렸을 때는 이런 풍경을 자주 볼 수 있었는데 지금은 한국에서 쉽게 볼 수 없는 풍경이라 특별한 곳이 아니었는데도 기억에 남았다.

골목길을 걷다 보면 골목의 이름이 쓰인 파란색 표지판이 눈에 들어왔다. 좁은 골목길 하나하나에도 이름이 붙어 있었다. 무심코 걷는 길에도 하나하나 각자의 이름이 있다. 처음 들어보는 골목의 낯선 이름이 친숙하게 느껴질 정도로 골목을 걷고 또 걷고 싶었다.

그렇게 타이베이의 골목길을 지나는 순간들이 지금도 오래 기억에 남는 걸 보면 나는 골목길을 좋아하는 사람임이 분명하다.

민취안역 골목길

   타이베이에서 제일 많이 오고 갔던 숙소 근처의 민취안역 골목길들.

   민취안역 근처에는 오래되어 보이는 낡은 공구상 아니면 고물상처럼 보이는 건물이
있었다. 그 건물 주변에는 오토바이 정거장이라도 된 듯 빼곡히 오토바이들이 주차되어
있었다. 숙소 주변 골목으로 가는 길에 항상
이 풍경을 만나서 눈에 익은 장소 중 하나가
되었다.

   숙소 주변은 유명한 관광지가 아니라서 타
이베이 사람들의 일상을 가까이서 볼 수 있
었다.

   아침 일찍 가게 주변을 청소하는 청소부
아저씨와 지하철로 출근하러 가는 듯한 아가

씨와 오토바이 타고 어디론가 이동하는 사람들. 타이베이 로컬의 일상을 가까이에서 볼 수 있는 곳. 도심지에 어울리지 않는 소박한 이곳의 풍경은 왠지 민취안역과 찰떡같이 잘 어울렸다.

중산역 골목길

유명한 관광지나 프랜차이즈 가맹점보다 주인장의 취향이 담긴 카페를 찾고 싶다면 중산역으로 가보자. 중산역 주변은 화려한 카페거리라기보다 소소한 동네 카페 같은 분위기의 예쁜 카페들이 모여있다. 프랜차이즈 카페보다 로컬이 운영하는 특색 있는 카페들이 모여있어서 삼청동이나 신사동의 골목 풍경과도 비슷한 느낌이 들었다.

게다가 중산역은 타이베이 메인 역과도 한 코스 거리라 교통도 편리하다. 조용하면서도 분위기 있는 거리를 걷다가 맘에 드는 카페를 발견하면 그곳에서 차 한잔 마시며 쉬어가기에도 좋다. 중산역 주변에는 멋진 카페 외에도 힙한 옷 가게나 특색 있는 소품 가게, 문화공간을 발견할 수도 있다. 중산역 근처에 있는 타이베이 필름 하우스를 방문해서 그곳에서 상영하는 영화를 보고 카페 뤼미에르에서 차 한 잔 마시며 쉬어가도 좋다.

시먼딩 골목길

시먼딩은 타이베이의 대표적인 번화가로 젊은이들에게 인기가 많은 곳이다. 위치상 타이베이 역과도 가까워서 항상 많은 사람들과 관광객들로 북적북적하다.

처음 시먼딩에 도착했을 때 첫 느낌은 '와 여기 명동 같다'였다. 다양한 브랜드 숍과 보세 가게, 영화관, 쇼핑몰, 맛집이 모여있는 시먼딩은 휘황찬란한 조명과 간판으로 가득 찬 대도시 이미지 그 자체였다.

시먼딩은 큰 도로를 중심으로 작은 골목들이 미로처럼 모여있다. 많은 사람들 사이를 뚫고 좁은 골목으로 들어가면 생각지도 못한 장소로 나오기도 했다. 화려하고 복잡한 미로 같은 느낌도 들었던 시먼딩의 골목길은 골목을 걷는 또 다른 매력을 느끼게 해 주었다.

골목길의 노점

타이베이 거리를 걷다 보면 작고 아담한 노점을 자주 만날 수 있다. 어렸을 때 흔했던 노점이 지금은 많이 사라져서 그런지 길을 걷다가 노점을 만나면 오래된 추억의 장소를 발견한 듯 반가운 마음이 든다.

어렸을 때 하굣길에 노점에서 사 먹었던 떡볶이, 어묵, 뻥튀기 아이스크림, 달고나는 얼마나 맛있었던지. 얼마 되지 않은 꼬깃꼬깃한 용돈을 모아서 소중하게 먹었던 노점상의 달짝지근한 먹거리는 소소한 하루의 꿀 같은 선물이었다.

이제는 노점보다 유명한 프랜차이즈나 맛집을 선호하는 사람이 됐다. 하지만 그림을 그리게 되면서 노점에 대한 관심이 되살아났다.

커다란 파라솔 아래 작은 테이블을 펼쳐 놓고 물건을 파는 작은 노점들은 대형 상점들은 결코 만들 수 없는 골목의 인상을 풍요롭게 만들어 주는 매력이 있다.

처음 온 곳이라 낯설게 보이던 장소도 친숙하게 만들어 주는 노점이 있는 풍경. 그런 풍경이 점점 좋아진다.

과거와 현재, 미래를 잇는 타이베이의 명소

화려한 랜드마크

타이베이 101

타이베이 101 빌딩

　타이베이의 공식적인 첫 일정은 타이베이 101빌딩. 세계에서 10번째로 높은(순위가 언제 바뀔지 모르지만) 건물인 타이베이 101빌딩은 타이베이 여행하면 제일 먼저 떠오르는 대만의 유명한 명소 중 하나이다. 타이베이의 상징과도 같은 건물이라 여행 첫날 방문해서 타이베이의 시티뷰를 보고 싶었다.

　타이베이 101빌딩은 전망을 보기에 좋은 곳으로 여행객들에게 유명한 곳이지만 전망대 관람료가 비싼 편이다. 그래서 그 대안으로 타이베이 101빌딩 33층에 있는 스타벅스에서 타이베이의 야경을 보기로 했다.

　낮도 아닌 밤의 야경이니 33층도 충분했다.

TAIPEI MRT STATION

2019.12.27 way to go
taipei 101 tower

@Taipei MRT station

TAIPEI MRT STATION

@Taipei MRT station

타이베이 101이 있는 Taipei 101/World Trade Center Station 역은 숙소인 민취안역에서 MRT R선인 '단수이-신이' 선을 타고 한 번에 갈 수 있어서 이동하기 수월했다. 타이베이 지하철 내부는 좌석 배치가 한국과 다르고 앉을 수 있는 좌석보다 서서 갈 수 있는 자리가 많아서 상대적으로 넓고 쾌적해 보였다. 지하철 내부 구조는 언뜻 봤을 때 파리에서 탔던 지하철과 비슷해 보였다.

타이베이에서 타는 첫 지하철이라 설렜는지 지하철 내부에 있는 사람들의 모습을 드로잉북에 크로키로 그렸다. 사람들이 타고 내리느라 정신없는 지하철 속 사람들을 그리면서 그들의 표정을 흘끔흘끔 훔쳐봤다.

대부분이 현지인인 것 같았고 여행객처럼 보이는 사람들도 보였다. 정지되어 있는 사진이 아니라면 움직이는 인물을 그리는 것은 쉽지 않다. 하지만 끊임없이 움직이는 일상 속 사람들은 재미있고 훌륭한 피사체다. 어느새 타이베이 101빌딩에 도착했다. 널찍한 도로 주변으로 높고 화려한 건물이 솟아 있었다. 번화가에 왔다는 걸 바로 알 수 있었다. 타이베이 101빌딩만 없었다면 왠지 서울 삼성동에 온 것 같았다. 한적했던 민취안역 주변과 달리 화려한 조명과 크리스마스 장식들로 꾸며진 타이베이 101빌딩 주변은 연말 분위기가 물씬 풍겼다.

타이베이 101빌딩의 1층 남쪽 출입문으로 가니 LOVE 조형물이 나왔다. LOVE 조형물은 SNS에서 유명한 포토존이라 그런지 사진을 찍으려고 기다리는 사람들이 줄을 서 있었다. 평소처럼 그냥 여행을 왔다면 유명한 포토존에서 기념사진 찍기는 필수지만 이번 여행은 드로잉 여행이라 기념사진을 거의 찍지 않았다. 솔직히 얘기하면 LOVE 조형물 앞에서 기념사진을 찍고 싶을 만큼 딱히 감흥이 들지 않았다.

그날 날씨가 제법 쌀쌀해서 더 그랬다. 타이베이 101빌딩 외부 구경을 대충 마치고 타이베이 101빌딩 내부로 이동했다.

타이베이 101빌딩에는 유명한 식당 외에도 세계 각국의 명품부터 시작해서 로컬 기념품점까지 입점해있다. 한국의 롯데몰이나 백화점과 비슷한 느낌이다. 101층이나 되는 높은 건물이라 핸드폰 카메라로는 건물 전체를 다 담지는 못했다. 그래도 독특하고 멋진 타이베이의 랜드마크를 방문했다는 사실만으로도 뿌듯했다.

소원을 말해봐

용산사

간절한 염원이 가득한 곳

'소원을 들어 드립니다.'

갑자기 램프의 지니가 나타나 소원을 들어준다며 소원을 물어본다면?

평소에 소원이 한 트럭 이상이라 물어보자마자 소원을 오조오억 개 정도 말할 수 있을 것 같았다. 하지만 평소에 위시리스트나 소원 목록 같은 걸 외우거나 가지고 다니는 사람은 많지 않다. 갑자기 대답해야 한다면 그 많던 소원들이 뒤죽박죽 섞여서 뭐부터 말해야 할지 고민되겠지.

잠시 멈춤 모드로 전환된 상태로 곰곰이 소원에 대해 생각해 본다. 무슨 소원이든 다 들어준다니 소원이 이루어지지 않는다고 해도 그런 상상만으로도 즐겁고 행복해진다.

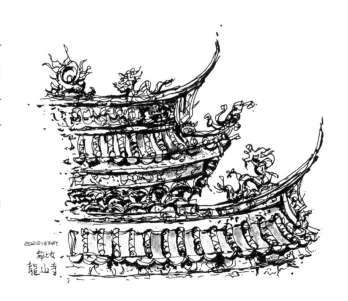

보피랴오 역사 거리 근처에는 '용산사'라는 대만의 유명한 절이 있다.

좁은 골목길과 붐비는 시장 골목을 지나면 도심 한복판에 큰 절이 나타난다. 깊은 산속이 아닌 도시 한복판에 출몰한 제법 큰 규모의 절의 등장은 '나타났다'라는 표현이 어울렸다.

용산사는 약 280년의 오랜 역사를 지닌 타이베이의 가장 오래된 사원이다. 세상에는 다양한 종교와 신이 존재하지만, 보통 절이라고 하면 부처님을 모시는 곳이라고 생각했던 나에게 용산사는 신선하게 다가왔다. 용산사는 기도가 잘 이루어지는 영험한 곳으로 소문난 곳이다. 덕분에 용산사에서 소원을 비는 방법도 SNS에 공유되어 있다. 나는 소원을 이뤄주는 램프의 지니를 만나러 가는 마음으로 용산사로 향했다.

용산사 입구에 도착하니 용과 봉황으로 꾸며진 화려한 지붕 장식이 눈에 들어왔다. 외형만 봐도 보통 건물이 아니라는 걸 알 수 있었다. 인파를 뚫고 절 안으로 들어갔다. 절 내부로 들어가자마자 짙은 향냄새가 진동했다.

주변을 둘러보니 불경을 합창하는 사람과 간절하게 기도를 하는 사람들이 보였다. 저마다의 간절한 염원이 모여서 절 안을 가득 채우고 있었다. 그 때문인지 절 내부에 들어서자마자 마치 다른 공간에 온 것 같았다. 짧은 시간이었는데 절에 들어서자마자 절의 기세에 위축되었다.

용산사는 한국의 조용하고 고즈넉한 절과 분위기가 완전히 달랐다. 용하다고 소문난 절이라 그런 걸까. 사람들은 크게 소리를 내어 불경을 외우고 기도를 읊조리고 온 마음을 담아 소원을 빌고 있었다. 용산사에서 기도를 드리고 점괘를 볼 수 있는 반달 모양의 윷으로 소원을 빌 수 있었다. 소원을 빌고 싶었지만 절 내부는 너무 혼잡해서 소원을 빌 정신도 마음도 생기지 않아 SNS에서 봤던 점괘를 보는 것은 포기했다. 그리고 잠깐 눈을 감고 마음속으로 소원을 빌었다. 내가 빈 소원이 신에게 닿았는지는 확실하지 않았다. 그저 해외여행 중에 이국의 신에게 빈 소원이 잘 전달되길 바라면서 절 외부로 나왔다.

절 외부로 나오니 복잡했던 절 내부와는 달리 탁 트이고 시원한 느낌이 들었다. 해가 지기 전에 용산사를 배경으로 어반스케치를 하기로 했다. 나는 절 입구가 잘 보이는 곳

어반스케치로 그렸던 용산사 드로잉

에 자리를 잡고 앉아서 그림을 그리기 시작했다. 그림을 그리고 있으니 해가 져서 주변이 어둑어둑해졌다. 해가 지기 전에 그림을 서둘러 마무리하고 각자 그렸던 그림들을 한곳에 모았다.

같은 장소를 그렸지만 모두 조금씩 다른 그림들. 각자의 개성이 담긴 그림들을 모아놓고 보니 같은 장소, 다른 느낌이 다양하게 표현되어 좋았다. 어반스케치 인증사진을 찍고 절을 나섰다.

시장 안에 절이 있다

원창궁(Wenchang Temple)

예기치 않은 이벤트

쑹롄 시장을 구경하던 중에 눈앞에 절이 하나 나타났다.

시장 한가운데 절이라니…? 화려한 장식과 문양으로 장식된 절과 대조적으로 절의 주변에는 노점상과 파라솔, 좌판이 즐비했다. 도심 속의 절 용산사보다 더 놀라운 광경이었다.

전통 시장 안에 있는 원창궁이라는 절로 문창 황제를 모신 곳이라고 한다. 타이베이에서는 드물게 지식의 신을 모시는 곳으로 시험, 승진, 입시를 앞둔 사람들이 행운과 성공을 기원하기 위한 곳이다. 시장 구경 중 뜬 금없이 나타난 절의 등장에 어리둥절한 채 절 안으로 들어갔다.

절 내부로 들어가니 테이블이 하나 놓여 있었다. 가까이 가서 보니 테이블 위에 스탬프가 배치되어 있다. 여행지에서 스탬프를 발견하고 그냥 지나칠 수는 없는 법. 드로잉 저널에 그림을 그리는 사람이라면 스탬프를 그

냥 지나칠 수 없다. 우리들은 누가 먼저랄 것 없이 자연스럽게 가방에서 드로잉북을 꺼냈다. 그리고 각자의 드로잉 저널에 도장을 찍기 시작했다.

테이블 위에 있는 스탬프는 총 5개. 5개의 스탬프마다 각각 다른 글씨와 문양이 적혀 있다. 도장에는 부귀, 영화, 건강, 재복, 학업 같은 다양한 소망을 담은 글귀가 새겨져 있었다. 큼지막하게 잘 만들어진 도장을 보니 왠지 도장에 새겨진 소망이 모두 이루어질 것 같았다. 도장을 찍는 것만으로도 행운이 생길 것 같은 기분에 마음이 설렜다. 도장을 찍는 손끝에 온 마음을 가득 담아 스케치북 앞장에 도장을 찍었다.

절 안쪽으로 들어가니 한쪽에 크게 차양이 쳐 있었다. 절과 연결된 곳인 줄 알았는데 외부와 연결된 장소인 것 같다. 자세히 보니 임시로 만들어 놓은 장소 같았다. 무슨 행사나 모임이라도 있는지 많은 사람들이 모여있었다. 궁금함과 호기심을 가지고 조심스럽게 안으로 들어갔다.

절에서 하는 종교적인 행사는 아닌 것 같았다. 한쪽에서는 김이 모락모락 나는 음식을 큰 냄비 같은 곳에서 만들고 있고 다른 한쪽에서는 만든 음식을 종이컵에 담아 나눠주고 있었다. 그곳으로 가까이 다가가니 종이컵에 음식을 담아 주었다. 영문도 모른 채 얼떨결에 음식을 받았다. 음식을 받고 종이컵 안을 보니 국밥 같아 보였다. 아침을 먹은 지 얼마 안 된 지라 종이컵 하나를 받아서 같이 나눠 먹었다. 따뜻한 국물을 한 숟갈 가득 담아 입안에 넣었다. 국밥 한 숟가락의 온기가 발끝까지 퍼져서 마음까지 뜨끈해졌다.

어떤 행사이길래 절에서 음식을 나누어 주는지 알 수 없었다. 짐작 가는 것은 부처님 오신 날 절에서 음식을 공양하는 것처럼 새해맞이 이벤트로 절에서 하는 행사인 것 같았다.

여행 중에 만나는 이런 예기
치 않은 이벤트는 기억에 오래
남는다. 감칠맛 나는 양념 같은
이런 뜻밖의 순간 덕분에 여행
이 더 풍요로워진다.

오래된 군인 마을의 변신

쓰쓰난춘(Simple Market)

과거와 현재가 공존하는 방식

　오래된 건물이나 낡은 집보다 깔끔하게 새로 지어진 집이나 건물이 좋았다. 반짝반짝
빛나는 멋들어지게 지어진 새 건물은 부러움과 동경의 대상이었다.

　불편하고 거추장스러워 보이는 오래된 집과 낡은 건물, 좁은
골목길들이 하나둘씩 사라졌다. 그제야 나는 새로운 것들의
편리함과 새로움보다 오래된 것들의 멋스러움과 조화로움이
더 소중하다는 것을 알았다.

　도심이 발전되고 확장되면 도시 곳곳에서 재개발과 재건축
이 진행된다. 타이베이도 한국과 비슷했다. 타이베이 101빌딩
과 고층 빌딩이 들어서면서 쓰쓰난춘도 재개발을 명목으로 철
거 대상이 되었다.

쓰쓰난춘은 국민당 시절 군인과 그들의 가족들을 이곳에 정착시키면서 형성된 오래된 마을이다. 다행히 타이베이에 근대문화유산을 보존하려는 도시재생 움직임이 일어났다. 그 덕분에 쓰쓰난춘은 철거 위기에서 벗어나 타이베이시 정부와 지역 주민들의 노력으로 복합 문화공간으로 재탄생했다. 쓰쓰난춘은 타이베이 도시재생에서 중요한 장소이자 젊은이들에게는 문화 예술을 즐길 수 있는 핫플레이스가 됐다.

오래돼서 버려질 뻔했던 도심의 오래된 공간이 복합 문화공간이자 지역 명소로 바뀌었다. 재개발과 재건축이 환영받는 시대에 옛것과 새로운 것이 함께 공존하는 도시재생을 선택한 것이다. 불편하고 보기 좋지 않다는 이유로 버려지거나 새 걸로 금방 바뀌는 오래된 건물의 화려한 변신이 반가웠다. 타이베이의 과거와 현재가 공존하는 방식이 부러워지는 순간이었다.

비가 오는 아침, 궁금했던 쓰쓰난춘을 방문했다. 타이베이 101 타워 역에서 내려서 조금 걸어가니 오래된 지붕이 보였다.
미리 알고 가지 않는다면 타이베이 101빌딩 근처에 이런 곳이 있다는 것을 상상도 하

지 못했겠지. 도로를 사이에 두고 초고층 빌딩으로 둘러싸인 빌딩 숲, 그 건너편에 수수하고 오래된 쓰쓰난춘이 있었다.

왠지 어울리지 않는 것이 함께 공존하는 도시의 양면성을 엿본 느낌이 들었다.

쓰쓰난춘에는 주말마다 건물 사이의 광장 같은 야외에서 프리마켓이 열린다. 비가 와서 그런지 프리마켓은 흔적도 없고 접힌 채 한구석에 놓인 파라솔이 보였다. 프리마켓이 열렸으면 재밌었을 텐데. 아쉬웠다. 아쉬운 마음을 우산처럼 가지런히 접어 두고 비도 피할 겸 쓰쓰난춘 내부로 들어갔다.

언제나 즐거운 문구 쇼핑

굿초(Good cho's/好丘)

더 좋은 선택지를 발견하길

　언젠가부터 손글씨로 필사하기와 일명 '다꾸'(다이어리 꾸미기)가 유행이다.

　휴대폰과 아이패드 같은 최신 디지털 툴의 등장으로 연필이나 펜, 다이어리 같은 아
날로그 도구는 잊혀질 거라고 생각했다. 하지만 기술의 발달로 사라질 것 같았던 도구
들은 사라지거나 잊혀지지 않았다. 오히려 최신 기술이 대신할 수 없는 감성을 무기로
그들만의 마니아층을 형성하며 그 영역을 확장했다.

　한때는 연말마다 새해를 준비하기 위해 예쁜 다이어리를 샀다. 마음에 쏙 드는 다이
어리를 고르기 위한 시간 투자와 발품은 기본이었다. 다이어리 속에는 중요한 약속, 일
정부터 시작해서 소소한 감정이나 하루의 기분을 간단하게 메모하거나 예쁜 스티커를
붙여서 나만의 감성을 자유롭게 표현했다. 그때는 다꾸라는 단어도 없었지만 다이어리
를 나만의 스타일로 꾸미는 일에 진심이었다. 이제는 휴대폰 속 달력과 메모 앱에 간단
한 일정과 약속, 아이디어 등을 기록한다.

딱히 문구를 사지 않더라도 문구 쇼핑은 언제나 환영이다. 귀여운 소품 가게나 편집 숍에 가게 되면 딱히 필요한 게 없는데도 그냥 지나치지 못한다. 소품 가게에서 이것저 것 둘러보다 보면 시간이 금방 지나간다.

　　쓰쓰난춘 내부로 들어가면 기념품과 다양한 굿즈를 파는 곳 '굿초'라는 편집숍이 나 온다. 굿 초는 영어로 'good choice'란 뜻으로 인생에서 더 좋은 선택지를 발견하기 바 란다는 메시지를 품고 있다. 굿초는 타이베이의 다양한 브랜드 소품과 농산물 가공품 과 기념품을 파는 디자인 편집숍, 카페도 함께 운영하고 있다. 굿초를 방문했을 때는 몰 랐는데 카페는 베이글이 맛있기로 유명한 곳이라고 한다. 건물 입구에 있는 미도리 아 이스크림도 꽤 유명했다. 다음에 방문하게 되면 베이글과 아이스크림도 먹어봐야지.

　　굿초에 있는 다양한 기념품과 굿즈들의 품질이 전반적으로 다른 곳의 기념품들보다 좋았다. 그리고 한쪽 구석에는 스탬프를 찍을 수 있는 곳도 있었다. 여행 드로잉 저널을 꺼내 스탬프도 기분 좋게 찍었다.

굿즈들 중에서 타이베이의 명소들을 홀로그램으로 만든 입체 엽서가 기억에 남았다. 평소에 봐왔던 일반 엽서가 아닌 홀로그램 입체 엽서. 홀로그램으로 된 엽서를 처음 봤던지라 신기해서 이리저리 여러 방향으로 엽서를 돌려봤다. 그중에서 타이베이 101빌딩이 있는 홀로그램 야경 엽서는 야경 분위기가 돋보여서 보고 있으니 없던 감성마저 생길 것 같았다.

쓰쓰난춘 내부의 한 곳에는 이곳에서 살던 사람들의 생활 소품을 그대로 재현해 놓은 작은 공간도 있다. 그 작은 장소 덕분에 과거 이곳의 역사를 조금이나마 살펴볼 수 있었다.

즐거운 문구 쇼핑을 끝내고 말랑말랑해진 마음으로 우산을 쓰고 쓰쓰난춘을 나섰다.

비 오는 공원에서 어반스케치를

징신 공원(Jingxin park)

이국적이면서 평범한 공원

　타이베이 여행 중에 일정의 2/3는 흐리고 비가 왔다. 날씨 요정까지는 아니지만 여행을 가면 날씨 운이 좋은 편이다. 하지만 예외는 있는 법. 이번 여행에는 날씨가 좋은 날이 소중할 정도로 비 오고 흐린 날이 대부분이었다. 그래도 여행 중에는 일분일초가 소중하기에 날씨에 굴하지 않으려고 부지런히 돌아다녔다.

　쓰쓰난춘 뒤편으로 조금 걸으면 공원이 하나 나온다. 공원의 이름은 징신공원(Jingxin park). 공원 옆으로는 연립주택이나 빌라 같아 보이는 집들이 좁은 길을 따라 죽 들어서 있었다. 공원은 동네 공원 치고는 생각보다 규모가 컸다. 공원에서 반대편을 바라보니 타이베이 101빌딩이 보였다. 타이베이 101쪽과는 다르게 소박한 분위기의 동네공원이 쓰쓰난춘과 잘 어울렸다.

　공원 주변으로 큰 나무들이 하늘을 다 가려버릴 기세로 높게 자라 있었다. 나무의 크기만 보면 마치 밀림이나 열대에 와 있는 것 같다. 공원에 있는 큰 나무 덕분에 이국적인 곳에 와 있는 것 같았다. 조금씩 내리던 빗줄기가 점점 굵어지기 시작했다. 공원 주변에 비를 피할 수 있도록 차양이 있는 벤치가 보였다. 우산을 쓰고 비를 피해서 벤치에 자리를 잡으니 마음이 놓였다. 비 오는 공원에는 사람들이 없을 것 같았는데 마실 나온 동네 어르신들이 삼삼오오 보였다. 동네 어르신들과 함께 비를 피해 공원에서 바라보는 풍경은 평온해 보였다.

벤치 주변에 앉아 쉬면서 주변을 둘러봤다. 이국적인 분위기를 주는 큰 나무만 제외하면 동네에 있는 평범한 공원이다. 적당히 쉬고 나서 주변 풍경을 어반스케치로 그리기로 했다. 각자 자리를 잡고 그림도구를 가방에서 꺼내어 그림을 그리기 시작했다.

'어떤 걸 그릴까', 그림 소재를 찾기 위해 주변을 둘러봤다. 눈에 제일 먼저 들어오는 건 공원 풍경. 하지만 막상 공원을 그리려고 하니 그리기가 막막하다.

조금 더 시선을 멀리 옮기니 공원 맞은편에 초록색 지붕의 가게가 하나 눈에 들어왔다. 초록색 지붕이 포인트가 될 것 같아서 그 가게를 그리기로 했다.

　비 오는 공원에서 어반스케치를 한 것은 처음이었다. 비 오는 날 카페가 아닌 실외에서 그림을 그린 것도 거의 처음이었다. 비 오는 날 야외에서 하는 어반스케치는 생각했던 것보다 운치 있었다. 펜이 종이 위를 열심히 구르는 소리는 차분하고 조용하게 내리는 빗소리와 제법 잘 어울렸다.
　그림을 다 그리고 나니 어느새 비도 그쳤다.

　여행에서 돌아온 뒤 공원에서 그렸던 가게를 찾아봤다. 한자가 익숙하지 않아서 그림을 그렸을 때는 어떤 가게인지 몰랐는데 로컬에서 나름 유명한 국수 가게였다. 비 오는 공원에서 타이베이의 국수 가게를 그린 사람은 흔치 않겠지. 여행 중에 나만의 추억의 장소가 하나 더 추가됐다.

비 오는 날 어반스케치로 그렸던 국수 가게

시먼딩의 별

서문 홍루

시대의 기록

　별명이나 애칭은 누구나 하나 정도 가지고 있다. 어렸을 때 내 별명은 주로 이름과 관련된 별명이 많았다. 어릴 땐 내색하지 않았지만 내 이름을 닮은 별명이 싫었다. 나이가 들어 사회생활을 하면서 별명이나 애칭으로 나를 부르는 사람이 줄어들었다. 어릴 때는 별명으로 불리는 게 싫었다. 하지만 나이가 드니 별명이 주는 친밀한 느낌에 별명이 있다는 게 장점이 될 수도 있다는 생각이 들었다.

　시먼딩역 1번 출구로 나와서 조금 걸으면 서문 홍루가 나온다. 처음 서문 홍루를 본 건 늦은 저녁을 먹고 시먼딩을 구경하던 중이었다. 현대적인 스타일의 초대형건물들 사이에 위치한 고풍스러운 붉은 벽돌 건물이 한눈에 들어왔다.

　서문 홍루는 8각형으로 된 건물로 어느 방향에서 봐도 동일한 구조다. 8각형의 모양을 하늘에서 내려다보면 별 모양으로 보이겠지.
　나는 서문 홍루의 별명을 시먼딩의 별이라고 지었다. 100년이 넘는 동안 시먼딩에서 현대적인 건물들 사이에서 그 존재감을 지켜온 것만으로도 서문 홍루는 시먼딩의 별과 같은 존재라고 할 수 있다.

서문 홍루는 건물의 독특한 외형과 발음 덕분에 이미 이름(별명)이 여러 개다. 건물의 외형이 8각형이라 '팔각 극장'이라고 부르고 2층 높이의 서양식 붉은 벽돌로 된 건물이라 영어로 'Red house'라고 불린다. 한자 그대로 읽으면 서문 홍루가 되고 공식 홈페이지와 구글맵에는 현지 발음을 참고로 시먼 홍러우라고 표기한다. 이름이 무려 3개가 넘는다. 내가 지어준 별명까지 합치면 별칭이 5개다. 진짜 별명 부자다.

별명이 많다는 것만 봐도 대만 사람들이 서문 홍루에 애정이 많다는 것을 알 수 있다. 특히 '팔각 극장'이라는 이름은 사방에서 사람들이 구름같이 몰려든다는 의미를 품고 있다. 시먼딩에 위치한 서문 홍루는 사방에서 사람들이 몰려들기 좋은 최적의 장소이다.

서문 홍루는 1908년 일제강점기에 공영시장으로 세워져 영화관, 극장을 거쳐 현

237

재는 대만의 대표적인 복합 문화공간이 됐다. 독특한 외형 덕분에 내부가 어떤 모양일지 궁금했다. 서문 홍루는 내부 관람이 무료에다 관람 시간도 넉넉하게 저녁 9시까지 오픈이다. 여행 일정의 마지막에 부담 없이 관람하기에 제격이다.

건물 내부로 들어가면 제일 먼저 눈에 들어오는 건 8각형으로 된 중앙홀. 팔각형 기둥을 중심으로 8개의 기둥이 팔각 형태로 세워져 있다. 8개의 기둥 사이에는 그림들이 길게 늘어져서 휘장처럼 보였다. 서문 홍루 1층에는 대만풍의 기념품을 판매하는 홍루 성품과 다양한 굿즈를 전시, 판매하는 공간인 16 공방, 차를 마시며 잠시 쉬어갈 수 있는 공간인 홍루 다방으로 구성되어 있었다.

홍루 성품에는 대만 느낌 물씬한 귀여운 굿즈들이 많았다. 여행지에서 부담 없이 구매하기 좋은 기념엽서들도 다양했다. 특히 서문 홍루에 관련된 굿즈가 많아서 기념품으로 사 오기에 좋았다.

서문 홍루의 내부는 그냥 보기에는 다른 건물들과 별다를 게 없어 보였다. 하지만 내부 위쪽으로 시선을 옮기면 일반 건물과는 다른 점이 바

로 눈에 들어온다. 천장 아래 벽에 서문 홍루의 연혁이 기록된 벽면이 있다. 펀칭 모양이 새겨진 벽면에는 서문 홍루의 연혁이 시대별로 기록되어 있다. 한자를 잘 몰라서 어떤 기록이 쓰여 있는지 궁금했다. 연혁이 기록된 벽면 아래에는 둥근 기둥이 세워져 있고 그 아래에는 다양한 굿즈들을 파는 가판대가 놓여 있었다. 연혁이 기록된 벽은 건물 위쪽에 있어서 구경하다 보면 그냥 지나치기 쉬웠다. 서문 홍루를 방문하게 된다면 천장 위쪽도 빼놓지 말고 챙겨보길 추천한다.

　　1층을 둘러본 후 2층으로 올라갔다. 2층에는 작은 극장과 아기자기한 공방이 모여있다. 2층 공방에는 배틀 트립에도 나왔다는 유명한 유리공예 상점이 눈에 띄었다. 그렇게 별명 부자인 서문 홍루를 2층까지 알차게 구경했다.

마음의 방향을 따라가는 여행

국립중정기념당

조화로우면서도 변화무쌍한

여행을 가게 되면 그 나라나 도시의 랜드마크를 모두 다녀와야 한다는 여행 정책을 펼치진 않는다. 그저 바쁜 일정이 아니라면 유명한 장소는 으레 방문하는 편이다. 언제인가부터 유명한 랜드마크보다는 여행지의 평범한 민낯을 그대로 볼 수 있는 소호나 작은 골목, 오래된 마을을 구경하는 게 좋았다. 여행 취향이 바뀐 건 아니다. 그저 내가 소소하고 평범한 여행지의 일상을 들여다보는 걸 좋아한다는 걸 알게 됐을 뿐이었다.

그러다 보니 이제는 여행에서 '이곳은 꼭 가야 해' 하는 필수 버킷리스트가 예전에 비해 많이 줄었다. 그저 무심히 거리를 걷다가 책이나 여행정보에서 봤던 유명한 장소나 가게가 나오면 우연히 마주친 행운에 반갑고 즐거웠다. 그리고 그렇게 무계획으로 여행하는 게 몸에 맞는 옷을 입은 것처럼 점점 편해졌다.

융캉제 거리를 걷다가 중정기념당이 있는 장제스 기념관에 도착했다. 중정기념당은 대만의 대표적인 랜드마크 중 하나로 장제스 혹은 장개석이라고 불리는 대만의 초대 대통령

을 기리는 기념관이다. 민주주의를 표방하는 나라에서 개인을 위한 국립기념관을 세웠다는 게 아이러니했다. 이런 이유로 대만 정부에서 이름을 바꾸려는 시도를 했다고 한다.

중정기념당 안으로 들어서자 융캉제 거리 밖과는 완전히 다른 풍경이 펼쳐졌다. 포카리 스웨트가 생각나는 화사한 파란색 지붕에 흰색으로 된 중후한 건축물이 나타났다. 아케이드 구조물같이 생긴 건물은 비가 자주 오는 아열대기후에 맞춤한 양식으로 보였다. 아케이드 구조로 된 건물 덕분에 잠시나마 비를 피해 중정기념당 내부로 이동할 수 있었다. 타이베이는 비가 많이 오는 열대 기후라 그런지 이런 아케이드와 유사한 통로형 구조의 건물을 자주 볼 수 있었다. 비를 싫어하는 여행자에게는 소중하고 감사한 건물구조다. 갑자기 굵어지기 시작한 비를 요리조리 피해 가며 조경이 잘 가꾸어진 정원을 지났다.

정원을 지나 명나라식 아치형 건물인 중정기념당의 부지 안으로 들어갔다. 파란색 왕관 아니 모자를 쓴 모습이 연상되는 건물이 보였다. 중정기념

당이었다. 건물에 어울리는 표현은 아니지만 중정기념당은 귀여워 보였다.

　좀 더 안쪽으로 들어가니 중정 기념광장이 나왔다. 중정 기념광장은 광장이라는 이름에 어울리게 그 규모가 꽤 컸다. 중앙의 큰 광장을 중심으로 잘 꾸며진 두 개의 정원이 광장을 수호하듯 양쪽에 크게 자리 잡고 있었다. 12월인데도 광장의 나무와 꽃은 파릇파릇했고 광장의 중앙에는 대중지 정문이 존재감을 한껏 내뿜으며 정중앙에 군림한듯 서 있었다. 대중지 정문의 오른쪽에는 타이완 국립 음악당이, 왼쪽에는 타이완 국립극장이 마치 광장을 수호하듯 조화롭게 자리 잡고 있었다.

　타이완 국립 음악당과 타이완 국립극장은 붉은색 지붕이라 중정기념당과 대중지 정문의 파란색 지붕과 대조되어 조화로우면서도 변화가 있어 보여서 좋았다.

　굵어진 빗방울은 금방 그칠 것 같지 않았다. 비를 피하기 위해 광장을 지나 국립극장으로 이동했다. 국립극

장에서는 중정기념당과 중앙광장이 잘 내려다보였다. 비를 피하는 김에 이곳에서 어반 스케치를 하기로 했다. 솔직히 고백하자면 나는 기와가 있는 건물을 그리는 걸 좋아하지 않는다. 기와가 많은 건물은 좋아하지만 그림으로 그리기에는 부담스러웠다. 비도 오고 중정기념당 건물의 기와를 그릴 생각을 하니 마음이 비에 젖은 것처럼 축 가라앉았다. 여행을 가서 무언가를 꼭 해야 한다거나 해야만 직성이 풀리는 강박이나 의무감을 갖는 건 싫었다. 나는 비가 너무 많이 와서라는 핑계를 우산 삼아 중정기념관에서의 드로잉을 포기하고 중정기념관을 나섰다.

여행을 끝내고 돌아온 뒤에 이 일을 후회할지도 모른다는 생각이 들었다. 하지만 나는 여행의 매 순간, 그 순간에 충실하고 싶다. 그 후의 일까지는 생각하고 싶지 않았다. 여행 중에만이라도 마음이 원하는 방향대로 움직이고 싶었다.

그렇게 내 마음의 방향을 따라 비가 세차게 내리는 융캉제 거리를 걸어서 동먼역으로 이동했다.

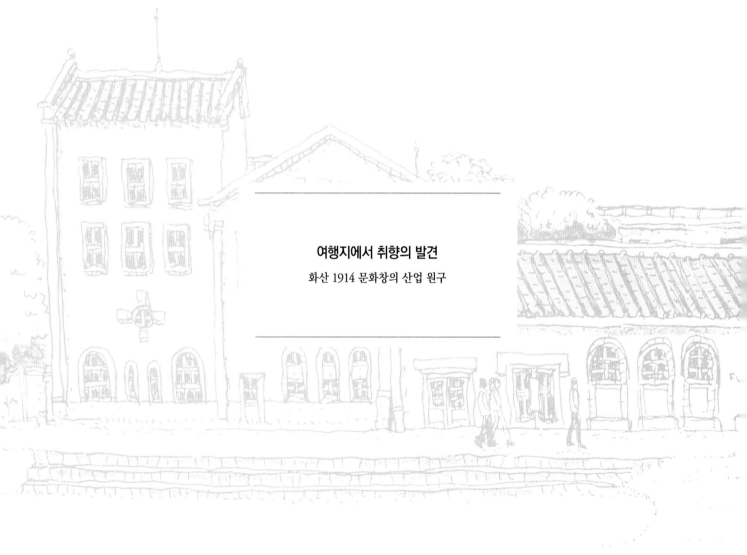

여행지에서 취향의 발견

화산 1914 문화창의 산업 원구

취향을 찾을 수 있는 공간

　취미가 뭐냐는 질문을 받으면 제일 만만한 대답 중의 하나가 독서. 어렸을 때부터 만화책을 필두로 다양한 장르의 책 읽기를 좋아했다. 그 덕분에 취미를 물으면 자연스럽게 독서라는 말이 나왔다. 인터넷과 스마트폰이 없었던 시절, 책 읽기는 킬링타임용을 뛰어넘어 잡다한 지식의 보고이자 각종 정보, 교훈, 재미 등을 얻을 수 있는 보물창고였다. 오랫동안 책을 읽지 않으면 왠지 얄팍한 지식이 금방 밑천을 드러낼 것 같았다. 그래선지 책을 읽지 않을 게 뻔한데도 매번 강박증처럼 도서관에서 여러 권의 책을 빌리곤 했다.

　타이베이는 다른 어느 곳보다 서점이 많은 도시다. 타이베이 시민들의 책에 대한 사랑이 그 어떤 도시보다 뜨거운 걸 알 수 있었다. 일반 도서부터 시작해서 독특하고 개성 있는 독립서점도 쉽게 만날 수 있었다. 책과 서점을 좋아하는 사람이라면 좋아할 수밖에 없는 도시였다 여행 중에 일부러 시간을 내서 서점을 방문할 정도로 서점을 사랑하는 건 아니다. 그저 여정 중에 가고 싶었던 서점이나 맘에 드는 책을 발견하면 보물이라도 찾은 것처럼 기쁘다. 특히 여행을 가서 그곳의 느낌과 분위기가 잘 담긴 책을 발견하면 그냥 지나치기 힘들다. 꽉 찬 트렁크를 생각하며 고민하다가 결국 기념품이란 명목으로 책을 산다.

일행 중 한 명이 타이베이의 분위기와 색깔이 잘 담긴 책을 소개해 주었다. 내가 그리고 싶고 내가 만들고 싶었던 풍경이 그대로 담긴 책이었다. 좋은 책은 많지만 내 마음에 100% 드는 책을 찾는 건 쉽지 않다. 그 책을 사기 위해 화산 1914 문화창의 산업 원구에 있는 서점으로 갔다.

화산 1914 문화창의 산업 원구는 과거 타이베이의 가장 큰 양조장이 도시 재생사업의 일환으로 문화 예술 공간으로 탈바꿈한 곳이다. 쓰쓰난춘과 더불어 도시재생으로 화려하게 변신한 힙한 문화예술공간이다.
화산 1914는 일제강점기에 지어진 건물이라 그런지 일본 느낌이 많이 들었다.

세월의 흐름이 자연스레 묻어나는 오래된 벽돌과 담쟁이들로 예쁘게 치장한 낡은 벽
은 고풍스러운 인상을 주었다. 건물 사이사이 보이는 다양한 나무와 식물은 딱딱한 건
물을 생기 있고 화사하게 만들었다. 화산 1914라는 단순한 이름에서 풍기는 느낌과는
다르게 멋진 공간이라는 느낌이 들었다.

서점으로 가기 위해 좀 더 내부로 들어갔다. 크고 작은 전시장이 있어서 다양한 전시
를 볼 수 있었다. 전시를 대충 둘러보고 건물 안쪽으로 더 들어가니 서점이 나왔다. 서점
에는 내가 찾던 타이베이의 로컬 작가가 그린 타이베이의 책이 눈에 잘 띄는 자리에 진
열되어 있었다. 타이베이 서점에서 프로모션을 진행할
정도로 유명한 작가인 것 같았다.

다른 좋은 책들도 많지만 내 취향의 책을 발견했다.
이번 여행에서 나에게 주는 기념품은 이 책으로 충분
했다. 언젠가 나도 이런 멋진 책을 만들고 싶다는 소망
을 품고 서점을 나섰다.

앨리스의 토끼를 찾아서

성품서점

나만 아는 재미있는 공간

앨리스는 고양이에게 다가가서 물었다.

"내가 여기서 어느 길로 가야 하는지 알려 줄래?"

"네가 어디로 가고 싶은지에 달렸지."

"어디든 크게 상관없어."

"그렇다면 어느 쪽으로 가든 상관없잖아."

〈이상한 나라의 앨리스〉에 나오는 앨리스와 체셔 고양이의 대화이다.

나는 일상에서도 어디로 가야 할지 선택의 고민을 자주 한다. 내게 주어진 시간은 한정되어 있고 더 나은 선택지를 고르고 싶은 마음은 고민과 갈등을 동반하기 마련이다. 여행을 가게 되면 선택지에 대한 고민은 더 커진다. 이번 여행에서도 그랬다. 가고 싶었던 타이베이에 왔지만 딱히 어디로 가야 할지 몰랐다.

어쩌면 나도 앨리스처럼 어디로 가든 그게 타이베이 안이라면 상관이 없었다. 언제인 가부터 여행을 가게 되면 꼭 가고 싶은 장소 리스트를 만드는 일이 줄어들었다. 어차피 가야 할 곳은 계획을 세우지 않아도 어떻게든 가게 되는 법. 물론 일정이 꼬이거나 예기 치 않은 문제가 생겨서 못 가는 상황이 생기기도 했지만 크게 마음을 두지 않았다. 그곳 에 못 가서 아쉬운 마음이 생길수록 그곳에 다시 가야 할 핑곗거리가 하나 더 생기는 것 같았다. 여행을 다시 가야 할 이유가 생기니 처음 그곳을 가는 사람처럼 마음이 설렜다.

숙소가 있는 민취안역에서 중산역까지 걷기 시작했다. 출 발지와 목적지만 정해지고 그 외에 다른 건 정해진 게 없었다. 최단 경로 같은 건 신경 쓰지 않고 타이베이의 골목골목을 자 유롭게 돌아다녔다. 다행히 이날은 비가 오지 않아서 마음 놓 고 거리를 헤매다녔다. 좁은 골목에는 겨울인데도 초록의 나 무가 자라나 있고 집 앞에는 잘 키운 화분들이 놓여 있었다. 집 앞마다 다소곳이 주차된 오토바이는 저마다의 뒤태를 뽐 내고 있었다.

타이베이의 골목이란 골목은 다 돌아본 것 같았을 때쯤 좁은 골목이 끝났다.

중산역에 가까워지니 크게 쭉 뻗은 길 양쪽으로 제법 규모가 큰 건물들도 나타났다. 중산역은 중국의 정치가 쑨원의 별칭인 중산에서 이름을 따온 역으로 타이베이의 대표적인 상업 지구다. 그래서인지 성품 서점 쇼핑몰과 신광 미쓰코시 백화점 등 유명한 건물들이 많았다. 크리스마스가 한참 지나서 연말 분위기가 나지 않았지만, 길거리에 세워둔 대형 크리스마스트리가 눈에 띄었다. 역 주변이라 그런지 캐리어를 끌고 다니는 사람들도 꽤 보였다. 다음에 타이베이에 온다면 중산역 쪽에 숙소를 잡아도 괜찮겠다는 생각이 들었다. 중산역은 타이베이 역과 가까워서 교통도 편리하고 이곳에 묵으면 로컬 분위기를 경험할 수 있을 것 같다.

중산역에 도착해서 지상으로 나가기 전에 지하철 내부로 들어갔다. 중산역 지하철 내부는 이상한 나라의 앨리스가 떨어진 토끼굴처럼 다양한 상점들과 서점이 연결된 유명한 지하 서가가 있다. 바로 성품서점(the eslite bookstore)이다.

성품서점(the eslite bookstore) 입구에 도착하니 하얀 큰 토끼 조형물이 바로 눈에 들어왔다. 서점 입구의 토끼 조형물을 보니 토끼를 쫓아가다 토끼굴에 떨어진 앨리스가 생각났다. 타이베이 지하철 아래에 있는 서점에서 토끼를 만나다니…, 생각만 해도 재미있다.

중산역 지하 서점을 다녀온 이후에 중산역을 떠올리면 앨리스의 토끼굴이 자연스럽게 떠올랐다. 여행지에서 나만 아는 재미있는 장소가 생겼다. 그 사실에 혼자 괜히 기분이 으쓱해졌다.

확실히 기분 좋아지는 장소

타이베이 필름 하우스

왠지 로맨틱한 일이 생길 것 같은 공간

극장에서 영화를 보는 것보다 집에서 편하게 보고 싶은 영화나 드라마를 보는 것을 좋아한다. 코비드 19의 영향도 있지만 솔직하게 이야기하면 영화를 보느라 2시간을 극장에 갇혀 꼼짝달싹하지 못하고 가만히 앉아 있는 것이 언제인가부터 불편해졌다. 편안한 내 방에 앉아 나만의 속도로 영화를 보는 게 편했다. 영화를 보다가 잠깐 정지 버튼을 눌러 놓고 할 일을 하기도 하고 다시 보고 싶은 부분은 무한 반복으로 되돌려 보며 내 속도로 영화를 보는 게 좋았다.

그래도 가끔은 큰 스크린 화면에서 뿜어져 나오는 감동과 에너지, 극장에서 맛보는 고소한 팝콘, 극장표를 예매해 놓고 기다리는 동안의 설렘이 그리웠다. 영화를 볼 것도 아니면서 극장 앞을 지날 때면 그냥 지나치지 못하고 극장 앞을 괜히 왔다 갔다 하곤 했다. 영화관을 가지 않아도 영화와 영화관이 가진 분위기와 상징성은 사라지지 않았다.

극장에서 영화를 보는 걸 좋아했던 때 서울 종로에 있는 서울극장은 영화를 보러 자주 가는 극장 중 하나였다. 서울극장 앞에서 만나서 영화를 보고 영화가 끝나면 영화의 여운이 가시기 전에 종로에 있는 카페에서 차를 마시며 영화의 여운을 공유했다. 그 시절 나는 딱히 보고 싶은 영화가 없을 때도 극장에서 영화를 보는 것을 월례행사처럼 치르고 있었다. 시간이 꽤 지나 서울극장이 사라지면서 그곳은 추억의 장소가 되어 버렸다. 대신 지금은 소위 시네마테크로 불리는 비상업적인 영화들을 상영하는 영화 도서관 같은 곳인 서울아트시네마로 바뀌었다.

타이베이에도 서울아트시네마와 비슷한 장소가 있다. 중산역에 있는 타이베이 필름 하우스이다. 도심 한복판에 이런 영화관이 있으리라곤 상상되지 않는 곳에 숨겨진 보물 같은 장소인 타이베이 필름 하우스는 영화 '비정성시'의 감독 허우 샤오시엔이 과거 미국 대사관 건물을 복합공간으로 개조한 건물이다. 잘 가꾸어진 정원이 있는 이국적인 화이트톤의 석조 2층 건물은 다양한 건물양식이 혼재되어 있어 고풍스럽고 멋스러워 보였다.

타이베이 필름 하우스에는 운치 있는 정원을 끼고 있는 레스토랑 겸 카페 뤼미에르와 기념품 가게, 82석의 작은 영화관이 있다.

카페 뤼미에르는 허우 샤오시엔 감독의 영화 '카페 뤼미에르'의 이름을 그대로 따온 곳이다. 카페 한편에 자리를 잡고 커피를 주문했다. 건물 내부와 비슷한 느낌으로 화이트톤으로 깔끔하게 꾸며진 카페 내부는 꽤 넓은 면적이 통창으로 되어 있어서 아름다운 정원이 잘 보였다. 겨울에도 초록 초록한 이국적인 정원을 내다보며 주문한 음료를 마실 수 있는 곳이다. 여행 중에 걷는 걸 좋아하지만 카페에 앉아서 잠시 쉬며 여유를 가지는 시간도 좋아한다. 여행 중에 카페에서 목도 축이고 쉬어 가는 이 시간은 여행 중에 오아시스 같은 순간이다. 왠지 로맨틱한 일이 생길 것 같은 카페 뤼미에르에서 그곳의 분위기에 흠뻑 젖었다. 여행 중에 확실히 기분이 좋아지는 장소를 발견한다는 건 행운이다.

주문한 커피를 마시고 나서 카페 야외 테이블이 있는 테라스에 자리를 잡고 타이베이 필름 하우스의 풍경을 어반스케치로 그렸다. 카페의 풍경을 그림으로 그리니 카페에서의 멋진 시간이 소중한 추억으로 마음속에 각인되었다.

타이베이의 화방을 찾아서

중산 6호 예문 화방

여행의 순간을 되살려 주는 마법

그림을 좋아하면서 여행을 갈 때 가고 싶은 장소가 하나 추가됐다. 그곳은 바로 화방. 한국에서도 살 수 있는 화구들이지만 그 지역에서 생산한 오리지널 화구를 갖고 싶은 로망이 생겼다. 여행지에서 만들어진 오리지널 화구를 로컬 화방에서 산다니! 이것만큼 그림을 좋아하는 사람에게 가슴 뛰는 기념품이 있을까. 그래서 여행 장소가 정해지면 그곳에 화방이 있는지 찾아보고 화방을 방문하는 일이 즐거운 여정 중 하나가 되었다.

타이베이에서도 화방을 방문했다. 점심을 먹고 중산역을 둘러보는 길에 우연히 화방을 발견했다. 가게 앞에 큰 입간판이나 가게 윈도에 진열된 미술 용품이 멀리서도 눈에 띈 건 아니었지만, 일반 가게와는 다른 모습에 한 번에 화방이란 걸 알 수 있었다. 참새가 방앗간 앞을 그냥 지나치지 못하듯 우리들은 자연스럽게 화방 안으로 들어갔다.

화방에 들어가는 순간은 언제나 가슴이 설렌다. 두근대는 마음으로 들어간 화방의 규모는 큰 편은 아니었지만 다양한 미술용품들이 잘 갖춰진 아기자기한 곳이었다. 화방 안에 들어가면 화방이 주는 편안하면서도 아늑한 느낌이 좋다. 화방 안에 빼곡히 가득 찬 다양한 화구들을 하나하나 보느라 손과 눈이 바빠졌다.

화방 한쪽 벽면에는 수채화로 그린 그림이 미니 전시장처럼 한쪽 벽면에 빼곡히 전시되어 있었다. 집으로 데리고 오고 싶을 만큼 멋진 붓 터치의 수채화를 보면서 부러운 마음이 들었다.

외국 화방이라 그런지 국내에서 구하기 쉽지 않은 피그먼트 펜과 만년필, 고체 물감도 있었다. 그중에서 내 시선을 사로잡았던 건 시계처럼 손목에 끼울 수 있는 휴대용 고체 물감. 'UMAE'라는 처음 보는 브랜드에서 만든 고체 물감이다. 생소한 이 브랜드는 휴대용 고체 물감이 주력 상품인 것 같았다. 아마도 대만에서 만든 브랜드인 것 같았다.

시계처럼 팔에 끼울 수 있어서 야외에서 그림을 그릴 때 사용하면 편할 것 같았다. 여행 기념품으로 하나 살까 고민했다. 하지만 궁금증으로 여행지에서 산 상품들은 여행 후 어디에 있는지 생사를 알 수 없는 경우가 대부분이었다. 사고 싶은 마음을 곱게 접어 두고 국내 화방에서 구하기 힘든 피그먼트 펜과 여행용 드로잉 저널을 몇 개 샀다.

여행 중에 화방에 들러서 구입한 미술용품을 여행에서 돌아온 후에 꺼내 보면 그때 여행했던 여행의 순간이 생각난다. 여행지에서 산 기념품은 여행의 순간을 되살려 주는 마법 같은 기능이 있다.

그래서 여행을 하는 중에 화방을 만나면 급한 일정이 있거나 시간이 촉박한 게 아니라면 화방을 꼭 방문한다.

지금 내 곁에 작은 행운

문창사

가까이서 볼 수 있는 흔치 않은 풍경

신앙에는 크게 관심도 없고 독실하게 믿고 있는 종교도 없다. 일부러 절이나 성당을 찾아갈 정도로 좋아하지도 않는다. 그저 풍수 좋은 곳에 위치한 고풍스러운 절이나 고전 양식으로 지어진 오래된 성당 같은 종교적인 건물을 구경하거나 방문하거나 것을 좋아한다. 여행 중 근처에 멋지게 지어진 종교 건물이 있으면 그냥 지나치진 않는다. 타이베이 여행 중에 여러 곳의 절을 만났고 그곳을 방문했다. 타이베이에서 만난 절은 대부분 내 생각에는 절이 있을 법한 장소가 아닌 의외의 장소에 있었다.

신앙이 없지만 절이나 성당에서 마음을 담아 소원을 빌면 소원이 이뤄질 것 같은 밑도 끝도 없는 기대 같은 것은 있다. 내게 여행 중에 우연히 절이나 성당을 만나는 것은 기대하지도 않았던 곳에서 행운의 네 잎 클로버를 만난 것과 비슷하다.

내 주변의 작은 행운들. 굳이 찾으려고 하지 않으면 눈에 띄지 않지만 조금만 신경 쓰면 내 주변 곳곳에 작은 행운이 있다는 걸 알 수 있다.

　숙소 근처에서 절을 만난 것도 작은 행복이자 행운이다. 일부러 찾아가지 않았는데도 가까운 곳에 소중한 장소가 있다니! 그래서일까 이동 중에 문창사를 만났고 문창사 주변을 어반스케치로 그렸다. 문창사는 여행 둘째 날에도 방문했던 곳으로 시장 한가운데 있는 절이라 처음 봤을 때부터 인상에 오래 남았다. 과장될 정도로 화려한 문양과 장식으로 꾸며진 절 아래에는 물건을 사고파는 노점상들의 낡은 파라솔이 있고 그 주변을 소박한 옷차림의 행인들이 지나가고 있었다. 여행을 꽤 다녔지만 이런 극단적인 풍경을 보는 것은 흔치 않다.

　흔치 않은 풍경은 글이든 그림이든 남겨야 한다. 처음에는 저 많은 기와와 복잡한 문양과 장식을 어떻게 그려야 할지 몰라서 마음이 무거웠다. 무거운 마음으로 그림을 그리고 싶지 않았다.

　그림을 그리지 못해도 괜찮다는 마음으로 혼자 시장 주변과 주변에 있는 골목 주변을 천천히 걸었다.

그렇게 걷고 나니 마음이 좀 누그러졌다. 편해진 마음으로 절이 잘 보이는 곳에 자리를 잡고 절의 모습을 펜으로 그리기 시작했다. 웬일인지 펜을 잡은 손은 가벼웠고 어렵게 느껴졌던 그림은 생각보다 술술 그려졌다.

이런 신통방통한 일이! 소원을 딱히 빌지도 않았는데 절의 좋은 기운을 받은 걸까. 덕분에 잘 그려질까 고민했던 그림을 순조롭게 마무리할 수 있었다. 그림을 다 그리고 나니 행복한 마음이 들었다. 기대하지도 않았는데 내게 찾아온 작은 행운을 마음속에 안고 가벼운 발걸음으로 다시 걷기 시작했다.

기대하지도 않았던 곳에서 행운의 네 잎 클로버를 만난 날이다.

타이베이의 학교를 가다

국립 타이완 사범대학

타이베이의 학교를 가다

융캉제 거리를 걷다가 묵직한 건물이 나타났다. 국립 타이완 사범대학교 관련 건물이다. 융캉제 주변에 국립대학이 있으리라곤 예상치 못했는데 꽤 큰 규모로 학교 관련 건물들이 모여있었다.

학교같이 보여서 들어가 본 건물은 국립 타이완 사범대학 연수 보급학원이다. 타이완 사범 대학교의 교육센터인 것 같았다. 학교 안으로 들어가니 대형 체스판과 사자 얼굴 조형물로 꾸며진 정원이 나왔다. 대형 체스판을 보니 거인들이 체스를 하는 모습이 상상됐다. 학교 건물이라 재미있는 조형물로 꾸며놓았나 보다. 주말이라 그런지 학교 안은 조용했고 비가 와서 그런지 학생들도 많이 보이지 않았다. 학교 안을 짧게 둘러보고 밖으로 나왔다.

학교를 나와 골목길을 걷는데 독특한 디자인의 건물이 갑자기 툭 튀어나왔다. 골목에 숨겨져 있지만 독특하고 추상적인 디자인에 덕분에 건물 자체가 예술품같이 보였다. 독특한 외형의 건물은 삼각형 모양 철판을 붙여서 만든 비정형적인 건축물로 재질부터 주변 건물과 달랐다. 그 건물 바로 앞에 위치한 음식점과 건물 바로 뒤로 보이는 사범대학교 건물과는 완전히 다른 차원의 건물처럼 이질적인 느낌으로 그 존재감을 드러냈다.

국립 타이완 사범대학 미술관이었다. 타이베이 여행을 갔을 당시에는 미술관인지 모르고 그냥 지나쳤다. 미술관 외형을 보니 현대적이고 특이한 예술 작품들이 전시될 것 같다. 여행을 다녀온 후에 타이완 사범대학건물을 찾아보니 고풍스러운 멋진 건물이었다. 다음에 이 근처를 가게 된다면 타이완 사범대학 건물을 방문해야겠다.

타이베이에서 새해를

타이베이 101 불꽃 축제

특별한 순간

불꽃놀이는 마음을 설레게 하는 무언가가 있다. 한강에서 불꽃 축제가 열리는 날은 매년 달력에 그 날짜를 미리 표시해 두었다. 불꽃 축제를 조금이라도 잘 보기 위해 불꽃놀이 명당자리를 검색하는 것은 필수였다. 불꽃이 잘 보이는 명당자리에 자리를 잡고 간식으로 사 온 주전부리와 맥주를 마시며 불꽃놀이를 기다렸다. 멋지게 불꽃이 터지는 몇 분을 보기 위해 미리 자리를 잡고 준비를 하며 고대하며 기다렸던 시간. 그 과정의 시간이 불꽃이 멋지게 터지는 순간만큼 즐거움과 두근거림을 주기도 했다. 불꽃 축제를 생각하면 설렘이라는 단어가 떠오르는 것도 이 때문이리라.

타이베이의 한 해를 맞이하는 일정으로 타이베이 101빌딩에서 불꽃 축제가 매년 열린다. 일 년의 마지막 날 도심 한복판에서 열리는 불꽃 축제. 게다가 한국이 아닌 외국에서 불꽃 축제로 한 해의 마지막 날을 보낸다니…

딱히 축제를 좋아하지 않는 사람에게도 의미 있는 이벤트다. 이번 여행은 불꽃 축제에 맞춰 일정을 준비한 게 아니었다. 계획하지 않았는데 여행 일정 중에 여행지에서 열리는 축제 같은 특별한 이벤트를 만나면 보너스 점수를 얻는 것 같다.

드디어 2019년 12월 31일이 왔다. 불꽃 축제는 자정에 열리지만 타이베이 101빌딩 근처는 저녁부터 붐빌 것이 분명했다. 그날 일정을 끝내고 저녁까지 든든하게 먹은 뒤 조금 일찍 타이베이 101빌딩 근처로 이동했다.

평소에도 많은 사람들로 붐비는 곳이라 타이베이 빌딩 역 주변은 예상했던 대로 많은 사람들로 북적였다. 삼삼오오 타이베이 101빌딩 주변으로 모이는 사람들의 행렬을 보니 축제가 가까워졌음이 온몸으로 느껴졌다. 그에 따라 내 기분도 서서히 흥분되기 시작했다.

불꽃을 보기 위해 이동한 장소는 타이베이 101빌딩 맞은편의 쓰쓰난춘. 쓰쓰난춘 주변에는 높은 빌딩이 없는 데다 주변에 낮은 구릉이 있어서 맞은편의 타이베이 101빌딩을 보기에 최적의 장소다. 비가 오거나 날씨가 흐리면 불꽃을 잘 볼 수 없는데 다행히 밤하늘은 구름 한 점 없이 맑았다.

12시가 가까워지자 기온이 조금 떨어지긴 했지만 춥지는 않다. 자정이 가까워지자 점점 많은 사람들이 쓰쓰난춘 주변으로 모여들었다. 결국 우리 주변으로 발 디딜 틈 없이 사람들로 가득 찼다. 거기에다가 맥주에 안주, 간식 등 야식을 파는 상인들까지 가세해서 쓰쓰난춘 주변은 축제 분위기가 한껏 무르익었다.

드디어 자정을 알리는 카운트다운이 시작되고 사람들도 카운트다운을 외치기 시작했다. 서로 얼굴도 이름도 모르는 사람들이 모여 같이 새해맞이 카운트다운을 외치고 있으려니 왠지 가슴속이 울컥해졌다.

카운트다운이 끝나고 1월 1일 새해로 시간이 바뀌었다. 그리고 모두의 시선을 고정하게 한 타이베이 101빌딩에서 불꽃 축제가 시작됐다. 형형색색의 화려한 빛깔의 불꽃들이 펑펑 터졌다. 멋진 불꽃 때문인지 새해가 바뀌는 순간을 맞이해서 그런지 가슴이 찡해졌다.

잠깐 눈을 감고 주변에 들리지 않게 마음속으로 새해를 맞이하는 소원을 조용히 빌었다. 들뜨고 기쁜 목소리로 가족이나 지인들에게 전화를 걸어 새해를 축하하는 사람들의 목소리가 들렸다. 같이 불꽃을 보러 온 가족이나 지인들과 새해를 축하하는 사람들의 행복한 모습도 눈에 띄었다.

그렇게 타이베이에서 2020년 새해를 맞이했다. 새해 행사 덕분에 차가 사라진 광활한 도로 위를 위풍당당하게 걸어서 숙소 쪽으로 이동했다.

다시 타오위안 공항으로

타오위안 공항

짧고 굵었던 여행

길다면 길고 짧다면 짧은 타이베이에서의 5박 6일간의 여정. 여행 마지막 날 그동안 흐렸던 날씨가 구름 한 점 없이 맑은 날씨로 바뀌었다. 평소에 여행을 가면 날씨가 좋았는데 이번에는 날씨 운이 따르지 않았다. 여정의 대부분 흐렸던 날씨가 내가 떠나는 날 바로 좋아졌다.

너무 아쉬웠다. 공항 터미널에서 멀리 보이는 타이베이의 풍경은 몇 시간 전까지 내가 그곳에 있었던 게 사실이 아닌 것처럼 비현실적으로 느껴졌다. 마치 내 몸은 타이베이의 공항에 있지만 내 마음과 감각은 이미 타이베이를 떠나 인천공항으로 돌아온 것 같은 기분이 들었다.

어느덧 비행기 이륙시간이 다 되었고 인천공항으로 가는 비행기에 탑승했다. 그렇게 나의 짧고 굵은 타이베이 첫 여행이 끝났다.

마치며-

걷고 그리고, 타이베이

처음 타이베이에 대한 글을 쓰기 시작했을 때 고작 일주일도 다녀오지 않은 곳인데 책으로 쓸 만한 이야깃거리가 있을까 하는 생각이 들었다. 여행이라고 다녀왔지만 타이베이를 수박 겉핥기식으로 대충 훑어본 것에 지나지 않았다. 하지만 짧은 기간이었지만 내가 본 타이베이의 모습을 그림과 짧은 글로 담을 수 있다면 이것 또한 좋은 여행 추억이 되는 것이다. 그렇게 해서 서투르고 협소한 나만의 타이베이의 이야기가 시작됐다. 타이베이의 풍경을 그리고 글을 쓰는 사이에 계절이 여러 번 바뀌었다. 날씨는 선선해서 걷기 좋아졌다가 지금은 타이베이를 여행 다녀왔던 날처럼 추운 겨울이 되었다.

아직도 나는 내 책상 위에서 타이베이의 풍경을 펜으로 그리며 랜선 여행 중이다.

하지만 조만간 팬데믹이 종식되고 그림으로 그렸던 타이베이 풍경 속으로 들어가 거리를 걷고 있는 내 모습을 상상해 본다.

타이베이의 그림을 그리고 글을 쓰는 동안 나의 그림도, 나의 글쓰기 스킬도 내 몸무게도, 그전보다 조금씩 성장했다.
어쩌면 펜데믹 덕분에 많이 돌아다니지 못한 덕분에 차분하게 책상에 앉아서 글을 쓸 수 있었는지도 모른다.

책을 쓰는 동안 응원해준 가족과 친구들, 타이베이를 같이 여행한 작가님들, 그리고 전국의 어반스케쳐스와 드로잉 친구들에게 고마운 마음을 살포시 전한다.

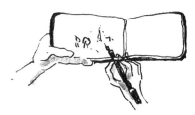